文春文庫

螢《ほたる》火《び》ノ宿《しゅく》

居眠り磐音（十六）決定版

佐伯泰英

文藝春秋

目次

「居眠り磐音」

主な登場人物

坂崎磐音《さかざきいわね》
元豊後関前藩士の浪人。藩の剣道場、神伝一刀流の中戸道場を経て、江戸の佐々木道場で剣術修行をした剣の達人。

小林奈緒《こばやしなお》
磐音の幼馴染みで許婚《いいなずけ》だった。琴平、舞の妹。小林家廃絶後、遊里に身売りし、江戸・吉原で花魁《おいらん》・白鶴《はつかく》となる。

坂崎正睦《さかざきまさよし》
磐音の父。豊後関前藩の藩主福坂実高《ふくさかさねたか》のもと、国家老を務める。

おこん
磐音が暮らす長屋の大家・金兵衛の娘。今津屋の奥向き女中。

幸吉《こうきち》
深川・唐傘《からかさ》長屋の叩き大工磯次《いそじ》の長男。鰻屋「宮戸川」に奉公。

今津屋吉右衛門《いまづやきちえもん》
両国西広小路に両替商を構える商人。お佐紀《さき》との再婚が決まった。

由蔵《よしぞう》
今津屋の老分番頭。

佐々木玲圓《ささきれいえん》
神保小路に直心影流の剣術道場・佐々木道場を構える磐音の師。

速水左近《はやみさこん》　将軍近侍の御側衆。佐々木玲圓の剣友。

本多鐘四郎《ほんだかねしろう》　佐々木道場の住み込み師範。磐音の兄弟子。

松平辰平《まつだいらたつぺい》　佐々木道場の住み込み門弟。父は旗本・松平喜内《きない》。

重富利次郎《しげとみとしじろう》　佐々木道場の住み込み門弟。土佐高知藩山内家の家臣。

霧子《きりこ》　雑賀衆の女忍び。佐々木道場に身を寄せる。

品川柳次郎《しながわりゅうじろう》　北割下水の拝領屋敷に住む貧乏御家人の次男坊。母は幾代《いくよ》。

竹村武左衛門《たけむらぶざえもん》　南割下水吉岡町の長屋に住む浪人。妻・勢津《せつ》と四人の子持ち。

笹塚孫一《ささづかまごいち》　南町奉行所の年番方与力。

木下一郎太《きのしたいちろうた》　南町奉行所の定廻り同心。

竹蔵《たけぞう》　そば屋「地蔵蕎麦」を営む一方、南町奉行所の十手を預かる。

北尾重政《きたおしげまさ》　絵師。版元の蔦屋重三郎《つたやじゅうざぶろう》と組み、白鶴を描いて評判に。

四郎兵衛《しろべえ》　吉原会所の頭取《かしら》。

『居眠り磐音』江戸地図

至 千住
新吉原
山谷堀
寛永寺
待乳山聖天社
向島
今戸橋
上野
浅草
下谷車坂町
不忍池
下谷広小路
金龍山 浅草寺
業平橋
吾妻橋
品川家
十間川
北割下水
今津屋
本所
天神橋
法恩寺橋
新シ橋
竹村家
柳原土手
南割下水
両国橋
横川
金的銀的
長崎屋
竪川
薬研堀
大川
鰻処宮戸川
六間堀
若狭屋
猿子橋
小名木川
日本橋川
箱河岸
日本橋
新大橋
金兵衛長屋
鎧ノ渡し
深川
霊岸島
八丁堀
仙台堀
永代橋
永代寺
富岡八幡宮
鉄砲洲
佃島
越中島

護国寺
↑至 王子
日光御成街道
小石川
伝通院
下富坂町
本郷
牛込
豊後関前藩
上屋敷
湯島天
神田川
神田明
表猿楽町
佐々木道場
駿河台
田安御門
神保小路
昌平橋
筋違橋御門
市谷八幡宮
内藤新宿
市谷御門
江戸城
四谷
麹町
四谷御門
大手御門
平川天満宮
馬場先御門
鍛冶橋御門
南町奉行所
数寄屋橋御門
溜池
原宿
愛宕権現
増上寺
芝
渋谷
麻布広尾町

本書は『居眠り磐音 江戸双紙 螢火ノ宿』（二〇〇六年三月 双葉文庫刊）に
著者が加筆修正した「決定版」です。

編集協力 澤島優子
地図制作 木村弥世
DTP制作 ジェイエスキューブ

螢火ノ宿

居眠り磐音（十六）決定版

第一章　おいてけ堀勝負

一

未明の闇《やみ》に白い蝶《ちょう》が一つ、ふわりふわりと浮かんでは消え、浮かんでは消えしていた。

白衣《びゃくえ》を纏《まと》った二人の男が足を止め、夏の終わりに舞う孤蝶の姿を見詰めた。

ここは王子村の滝河山金剛寺よりおよそ二丁余り東、石神井《しゃくじい》川の岸辺から滝不動尊へ入った山道だ。

滝不動尊は寺号を正受院という。

弘治《こうじ》年中（一五五五〜五八）、大和《やまと》国竜門《りゅうもん》に住む学仙坊《がくせんぼう》なる僧、長年不動尊の法を修めていたが、ある夜、霊夢を得て東国に旅し、この地に滝があるのを見て、庵《いおり》を結び、さらに不動の法を修行した。

その秋、大雨が降り続き、石神井川が増水し、水かさを増した。

学仙坊が増水した川の水を見ていると水中に光が見え、不動の霊像が浮かび上がった。そこでこの地に不動尊を祀《まつ》る滝不動尊を安置したという。

足を止めた壮年の男は、行く手に飛ぶ孤蝶に亡き女の面影を脳裏に浮かべた。相州《そうしゅう》大山寺石尊大権現の麓《ふもと》、伊勢原宿子安《こやす》村で亡くなった今津屋《いまづや》お艶《えん》の面影だ。

今津屋吉右衛門《きちえもん》は孤蝶が舞い飛ぶ様子にお艶の霊魂を見たようで、

（お艶、成仏されよ）

と胸の中で語りかけた。

蝶はそんな吉右衛門の胸の中《うち》を察したようにゆっくり戻ってくると、吉右衛門の体の周りに白い光の帯を描いてみせた。

（お艶、そなたが亡くなり早二年の歳月が過ぎようとしておる）

（おまえ様、お艶はこれで未練なくあの世に行くことができます）

（なぜかな）

（お佐紀《さき》様におまえ様をお任せして憂いなく旅立てます）

吉右衛門は蝶を凝然と見詰めていた。

同行する坂崎磐音《さかざきいわね》もまた、

（お艶どの、お久しぶりにございます）

と声をかけていた。

蝶の羽が大きく揺れて磐音の想いに応《こた》えた。

立ち止まる二人を導くように、蝶が羽を開いたり閉じたりした。さながら、暗がりの山道で明滅するかのようだった。

二人は歩を進めた。

山道を登り下りするたびに蝶は羽を緩《ゆる》めて二人を待った。

行く手から、冷気とともに轟々《ごうごう》たる滝の音が響いてきた。

学仙坊が庵を結んだ不動の滝だ。滝は泉流の滝とも呼ばれ、鬱蒼《うっそう》とした樹々の間に一条の白い光を放って、青く苔《こけ》むす絶壁から落下していた。

飛沫《しぶき》が二人の白衣を濡《ぬ》らした。

（おまえ様、おさらばにございます）

吉右衛門の見守る中、蝶は飛泉の周りを名残り惜しげに飛翔すると、滝の中へと溶け込むように消えていった。

「お艶」

と吉右衛門が呟《つぶや》くのを磐音は聞いた。

お艶が亡くなり三回忌の法会《ほうえ》を迎えようとしていた。

お艶が死ぬ直前、故郷の相州大山寺に参ることを願った。そこで吉右衛門は習わしに従い、かたちばかりではあるが、両国東広小路の水垢離場《みずごりば》で身を浄《きよ》めて禅定《ぜんじょう》し、大山参りを行った。

その折り、磐音も同道し、死期を悟ったお艶を大山寺まで背負い上げていた。

その記憶は今も二人の脳裏に焼きついていた。

こたび、お艶の三回忌の法要を行い、一つの区切りをつけようと考えたとき、吉右衛門は東広小路で垢離をとって施主を務めようと考えた。

だが、東広小路の水垢離場で身を浄めるのは江戸っ子の中でも職人衆、鳶《とび》の連中が多かった。

今津屋の老分《ろうぶん》番頭の由蔵《よしぞう》が急にそのことに思い至り、

「旦那《だんな》様、お艶様の存命のときは格別にございました。大店《おおだな》の主《あるじ》が職人衆と一緒になって、ざんげざんげ六こんざいしょう　おしめにはったいこんがらとうじなどと訳の分からぬことを唱えるのはどうかと思います」

と言い出したため、吉右衛門も独り静かに垢離をとりたいと考えを変えた。

螢《ほたる》の名所として知られる王子村の不動の滝は、お艶が元気な頃に吉右衛門と訪れたことがあった。

吉右衛門は由蔵に独り参籠《さんろう》しますと宣言した。だが、吉右衛門を一人で不動の滝の水垢離に行かせるわけにはいかない。由蔵は奉公人を同行させることを願ったが、仕事に差し障《さわ》りが出ますと吉右衛門が断った。それを知った磐音が志願して付き添うことになったのだ。

蝶が姿を消した滝の辺りにほのかな白い光が滲《にじ》み残っていた。

風が吹き、一段とひんやりとした冷気と飛沫が二人を包み込んだ。

微《かす》かな光も消えた。

「坂崎様、同行お願い申します」

吉右衛門が両手を組んで合掌し、瀑布《ばくふ》が流れ落ちる滝へと入っていった。

磐音も続いた。

夏だというのに身を刺すような痛みが全身に走った。隣に立つ吉右衛門の口から読経の気配が洩《も》れてきたが、滝の轟音《ごうおん》と重なり、磐音の耳には届かなかった。

磐音もまた合掌してお艶の面影を追った。

吉右衛門と磐音が、米沢町の角に分銅《ふんどう》看板を掲げる両替商今津屋の店の前に立ったとき、昼前というのに強い陽射《ひざ》しが照り付け、風のせいで土埃《つちぼこり》も舞っていた。

王子行きを徒歩《かち》で通した吉右衛門の顔には汗が光っていた。だが、その表情には清々《すがすが》しさと満足感が漂っていた。

埃を押さえるために打ち水をしていた小僧の宮松《みやまつ》が、

「あっ、旦那様のお帰りだ」

と大声を上げて、店に知らせた。

帳場格子《ごうし》で大勢の奉公人に睨《にら》みを利《き》かす老分番頭もその声に気付き、

「おおっ、お帰りですか」

と迎えに出てきた。

「旦那様、心置きなく身を浄められましたか」

「お蔭《かげ》さまで心身ともに爽《さわ》やかになりましたよ。これでお艶の三回忌の施主が無事に務まりましょう」

大勢の奉公人に迎えられ、見知った客に挨拶《あいさつ》をしながら吉右衛門が奥へと消えた。その場に残った磐音に由蔵が、

「ご苦労さまでした。なんの異変もございませんでしたか」

と労《ねぎら》いながらも、一夜だけの旅の安否を問うた。

「何事もなく水垢離を果たせました」

蝶の一件は、磐音も吉右衛門も自らの胸に仕舞い込んで口にする気はなかった。

「それがしも、日頃五体にこびりつかせた俗事の諸々を清めたようでさっぱりいたしました。今津屋どのの供をさせていただいた功徳《くどく》でしょう」

「そう仰《おっしゃ》ってくださると、坂崎様に同道してもらった甲斐《かい》があったというものです」

「小田原のお客人はまだですね」

と言いながら磐音は菅笠《すげがさ》の紐《ひも》を解《と》いた。

「夕暮れ前に六郷《ろくごう》の渡しに乗るとの知らせが入っております」

吉右衛門は三回忌の施主を務めた後、小田原の脇《わき》本陣小清水《こしみず》屋右七《ゆうしち》の次女お佐紀との婚礼を控えていた。

今津屋は江戸の両替商六百軒を束ねる両替屋行司《ぎょうじ》の要職にあり、先の日光社参には内所《ないしょ》の苦しい幕府の勘定方を助けて無事に成功させた陰の功労者だ。今や今津屋吉右衛門なくして江戸の金融財政は立ちゆかないほどの隠然たる力を持っていた。

商いは順風満帆だが、吉右衛門にも不安の種はあった。後継がいないことだ。それは亡くなったお艶が病身だったこともあり、子宝に恵まれなかった。

武家と同様に大店の跡継ぎがいないとき、後継をめぐり、しばしば内輪揉《も》めの騒ぎが巻き起こったり、それがゆえに商いが立ちゆかなくなり、店が潰《つぶ》れたりした。

嫡男《ちゃくなん》がいない場合には娘に婿《むこ》をとり、男女ともに子がない場合は養子をとる。あるいは妾腹《しょうふく》の子を家に入れるなど、武家と同じように大店でもいろいろな自衛策がとられた。

吉右衛門とお艶は互いに敬愛し合っていただけにおよそ妾《めかけ》など考えられず、養子を取る道もこれまでは考えられなかった。

吉右衛門がまだまだ壮年の男盛りだからだ。

親戚縁者奉公人たちは吉右衛門に、

「お艶様の供養もございましょうが、今津屋の盛衰に関《かか》わることでございます。なるべく早く後添いを」

と勧めたが、お艶の三回忌の法要を終えぬ以上は、と拒み通してきた。

それでもお艶の兄赤木儀左衛門《あかぎぎざえもん》と老分番頭の由蔵の計らいでお佐紀との見合い

を終え、互いに気に入ってお艶の三回忌明けの婚礼が決まっていた。いや、正しくは儀左衛門と由蔵が企てた見合いの相手は、最初お佐紀の姉のお香奈《かな》だった。儀左衛門の口利きで由蔵は小田原の小清水屋右七の長女お香奈を知り、その人物と会うために鎌倉に出向いた。

主の吉右衛門には内緒の道中であった。

一方、お香奈には相愛の人、小田原藩大久保家の御近習《ごきんじゆ》大塚左門《おおつかさもん》がいた。だが、身内に大塚のことを言い出せないままに由蔵と会う鎌倉まで来てしまった。そして、由蔵らと会ったその晩のうちに、鎌倉の旅籠《はたご》から大塚と手に手を取り合って逐電したのだ。

その道中には磐音も同行していた。

お香奈には父親の右七の他に妹のお佐紀も同道していた。

娘の失踪《しつそう》に父の右七は怒り狂い、仲介の儀左衛門は困惑した。

磐音が感心したのはお佐紀が取った態度だった。そのことが姉の失踪よりも心に残った。そこで騒ぎが静まった後、由蔵に吉右衛門の相手はお佐紀こそ相応《ふさわ》しいと勧めたのだ。

吉右衛門は老分の由蔵が主に後添いをと奔走していることを、二人が旅立った後におこんから聞かされた。さらに鎌倉での大騒ぎの経緯《いきさつ》を由蔵と磐音の二人から聞かされ、お佐紀がとった冷静な態度と判断、さらには控えめな気性ながら、決然と姉の代役を務めようとした覚悟に好感を抱いたのだ。

大騒ぎの末に姉から妹へ相手が変更され、見合いの場が江戸で持たれることになった。

吉右衛門に会ったお佐紀もまた吉右衛門の鷹揚《おうよう》な人柄と、亡き女房お艶への思慕を隠さぬ真摯《しんし》な態度に敬愛を抱いた。

すべては災い転じて福となしたのだ。

ともあれお佐紀は、お艶の三回忌の法要出席と婚礼の打ち合わせのために、小田原から再び上府してくるのだ。

「ご苦労さまでした」

という声がして、白紬《しろつむぎ》を着たおこんが店先に姿を見せた。すると、

ぱあっ

と辺りが明るくなったようで、両国東広小路へと向かう人々の目が、

「おい、あれが今小町のおこんさんかえ」

「おおっ、いかにもおこんさんよ」

「広小路に、季節はずれの桜の花が一気に咲いたようだぜ」

と言い合いながら見惚《みと》れた。

おこんは深川育ちの世話好きな気性と今津屋の奉公で身に着いた落ち着きとがなんとも微妙に均衡を保って、独特の女ぶりと貫禄《かんろく》を醸し出していた。

磐音もおこんの顔を眩《まぶ》しげに見た。

「ふっきれた様子で仏間に入られた旦那様のお顔は、なんとも言えず清々しかったわ。やはり王子の滝不動まで足を伸ばされた甲斐があったというものね」

おこんが奥に戻った主の様子を報告すると、今度は、

「朝餉《あさげ》は食べたの」

と磐音の腹具合を気にした。

「王子からの道中、辻《つじ》の一膳《いちぜん》飯屋で食した」

「旦那様がそのような飯屋に入られましたか」

由蔵がびっくりした顔をした。

「馬方衆が味噌《みそ》汁のぶっかけ飯を掻《か》き込む姿に驚いておられました。あのような店ではいけなかったかな」

と磐音が困った顔をした。

「今さらもう遅いわ」

と磐音に言ったおこんだが、

「老分さん、この刻限、そんなお店しか暖簾《のれん》を出していませんよ」

と磐音を庇《かば》った。

「旦那様はなにか召し上がったかしら」

おこんはそのことを案じた。

「それがしと同じく、棒鱈《ぼうだら》と里芋を辛く煮付けたおかずでしっかりとご飯を食された。蜆《しじみ》の味噌汁が美味《おい》しいとお代わりをなさったほどじゃ」

「老分さん、旦那様はきっと気に入られたのですよ」

おこんが頷《うなず》いて言い切った。

「幼少の折りから、外出をするにも弁当持ちの奉公人が従っておりましたからな。旦那様は案外、街道筋の飯屋で食べたいと考えておられたのかもしれませんな」

と最後は由蔵も納得した。

「おこんさん、われらは何時《いつ》出かければよいな」

お佐紀の一行が夕刻には江戸入りするのだ。

「旦那様の供を終えたばかりの坂崎さんに六郷まで足を伸ばさせるなんて悪いわ

ね。大丈夫」

おこんが磐音の顔を覗《のぞ》いた。

「それがしならば心配無用」

「じゃあ、少し早いけど、昼餉《ひるげ》を終えたら出かけようと思うの。お佐紀様方を待たせるわけにはいかないものね」

と答えたおこんが、

「だれか荷持ちを連れていこうと思うんですけど」

と由蔵に許しを得るように訊いた。

「荷ならば、それがしが担いでこよう」

「お武家様に荷を運ばせることなどできるものですか。宮松を連れていきなされ、おこんさん」

と老分番頭の由蔵が、水撒《みずま》きをする小僧を見た。近頃、宮松は体付きが一段としっかりしてきて、お仕着せの単衣《ひとえ》から長い脛《すね》が、
にゅうっ
と出ているほどだ。

由蔵が宮松をその場に呼ぶと、

「宮松、坂崎様とおこんさんの供で六郷の渡しまで行っておくれ」

と命じた。

「わあいっ！」

と喜びの声を上げかけた宮松が慌《あわ》てて真面目《まじめ》な顔に戻し、

「老分さん、小田原からの客人のお迎えに参るのですね」

と畏《かしこ》まった。なりは大きくなったがまだ幼さを残した宮松は、店の仕事より外歩きが好きなのだ。

「そなたはお佐紀様方の荷持ちに行くのですぞ」

「念を押されなくとも承知しております、老分さん」

おこんが笑い、

「宮松さん、台所に行って。昼餉を摂《と》ったら出かけますからね」

「はーい」

と返事をした宮松は、水を撒《ま》いていた空の桶《おけ》を下げて、店から台所へと通じる三和土《たたき》廊下へと駆け込んでいった。

その姿がなんとも軽やかだった。

磐音も続こうと店に入ると、

「後見、ご苦労さまにございました」

と筆頭支配人の林蔵《りんぞう》ら大勢の奉公人の労いの言葉を受けた。それは吉右衛門の王子行きに同行してくれた磐音への感謝の言葉だった。

磐音は、かたちばかりとはいえ両替商今津屋の、

「後見」

を務めていたのだ。

磐音も挨拶を返すと、店の隅から奥へと通じる三和土廊下へ腰の低い格子戸を開けて入った。

陽射しの下を歩いてきた磐音には、薄暗い三和土廊下はひんやりと気持ちよく感じられた。内玄関を通り抜け、広い今津屋の台所の土間に入ると、そこは昼餉の飯を炊く釜《かま》の火で火照《ほて》るような熱さが支配していた。

「お帰りなさい」

という汗まみれで奮闘する女衆《おんなし》の挨拶を受けた磐音は備前包平《びぜんかねひら》を腰から抜き、手にしていた菅笠とともに板の間の上がりかまちに置いた。

帯には無銘の脇差《わきざし》だけを差して裏庭へ出た。

井戸端で顔の汗を流そうと思ったのだ。すると井戸端にはおそめがいて、棒手《ぼて》

振《ふ》りの花屋から買った、涼しげな桔梗《ききょう》、黄菅《きすげ》などの夏の花々の茎の長さを切り揃《そろ》えていた。

お佐紀一行を泊める客間を飾る花だろう。

前回、見合いのためにお佐紀一行が上府したとき、本石町《ほんごくちょう》の長崎屋に投宿した。だが、お艶の三回忌に江戸入りするお佐紀をすでに身内と今津屋では考え、家に迎えようと仕度を終えていた。

「坂崎様、この桶の水をお使いください」

おそめが花のために汲《く》み置いた水を桶に移し替えてくれた。

「すまぬな。王子から日向《ひなた》を歩いてきたら汗をかいた」

磐音は手拭《てぬぐ》いを真水で濡らすと、顔から襟《えり》の間、手から足まで、体の汗を拭《ぬぐ》った。

「身を切るほどに冷たかった不動の滝が今や懐《なつ》かしいな」

「旦那様も滝の水にお打たれになったのですか」

「冷たい滝に身を晒《さら》されてな、亡きお艶どのの供養を無事務められるようにと、不動尊に必死の祈願をなされたぞ」

「坂崎様、旦那様はなんとお偉い方でしょうね。お艶様もきっと感謝なさっておられます」

「おそめちゃんもそう思うか。夫婦《めおと》の情愛はああでなくてはならぬと、それがしも常々感心しているところだ」

磐音は普段から考えていたことを口にした。

「そうだ、幸吉《こうきち》から言伝《ことづて》があったのを忘れておった」

深川六間堀北之橋詰の鰻処《うなぎどころ》宮戸川《みやとがわ》に奉公する幸吉はつい先日、鰻を割《さ》く仕事が思うようにいかぬと勝手に店を飛び出し、一月《ひとつき》余り江戸の神社仏閣を巡って暑念仏に精を出していた。

親方の鉄五郎《てつごろう》にも無断の願掛けだ。奉公を解かれても致し方ないところだが、親方は、

「一から叩《たた》き直して、必ず一人前の職人に育て上げる」

と再度の奉公を許してくれたばかりだ。それだけに幼馴染《おさななじ》みのおそめも幸吉の奉公ぶりを気にしていた。

おそめが磐音の言葉に緊張の顔を上げた。

「生き返ったつもりで一日一日必死に修業をしているから安心してくんな、ということだ」

「言葉だけではありませんか」

おそめの顔に不安がよぎった。

「いや、近頃では口数も少なく、親方や松吉《まつきち》どのたちの鰻の扱いを手本にしようと努めておる」

「それならいいんですけど」

「なにか心配かな」

「幸吉さんは飽き易い気性で、なんでも長続きしないんです。奉公はなんでも十年でようやく半人前、それまで続けられるといいんですが」

自らは縫箔《ぬいはく》職人を志すおそめが心配げに洩らした。

「後見、膳《ぜん》の仕度ができましたよ。迎えの駕籠《かご》も来てますよ」

と宮松の声が裏庭に響いて、その話題は打ち切りになった。

二

今津屋出入りの駕籠伊勢《いせ》の三挺《ちょう》の駕籠を連ねて、おこん、磐音、それに宮松の三人が、お佐紀一行出迎えのため、米沢町の店を正午過ぎに出た。

一挺目の先棒《さきぼう》は参吉《さんきち》で、

「おこんさんよ、だれか乗ってくれねえか。三挺も連ねて空駕籠じゃあ、威勢が悪いぜ」

とぼやいた。

「お客様を迎えに行く駕籠に乗れるものですか」

おこんが参吉の申し出を一蹴した。

「参吉どの、時に楽するのもよかろう。その代わり、帰りは三人の客人を乗せて六郷から米沢町まで戻ることになる」

「任せておいてくだせえ」

と返答した参吉が、

「お艶様をお乗せして二子《ふたご》の渡し場まで送ってから、二年の歳月が流れましたぜ。そのお艶様が相州大山参りの後、亡くなられたなんて、未だ信じられませんぜ」

としみじみと言う。

「そういえば、あの折り、そなたがお艶どのをお乗せしたのであったな。その途中、池上本門寺にお参り致した」

「坂崎の旦那も一緒だったたな」

「いかにも、お艶どのの供をした」

と磐音の声音も沈んで響いた。

そのことを察したか、おこんが、

「参吉さん、心に留めておいてほしいことがあるの」

「なんですかい、おこんさん」

参吉がおこんを振り返った。

「本日、お迎えするのは、旦那様の後添いになるお方なの」

「おおっ、いよいよ今津屋の大旦那も肚《はら》を括《くく》られましたか。確かにさ、お艶様を大事に思われていたが、人間亡くなっちまえば終わりですぜ。残った者は、残った者の立場がありまさあ」

「お二人が祝言《しゅうげん》を挙げられるのは、お艶様の三回忌の法要が終わったあとのことよ。お佐紀様はそのために江戸に出てこられるの」

「おこんさんに言うこともねえが、今津屋は江戸では名代《なだい》の大店だ。お内儀《ないぎ》が亡くなりました、旦那は独り身を通しますじゃあ、世間様が許さねえや。今津屋の屋台骨を吉右衛門様とともに支えるのがお内儀様だ。あの界隈《かいわい》じゃ、吉右衛門様がいつ後添いを持たれるかだれもが案じていたんですぜ。目出度《めで》てえじゃねえか、

「因縁かねえ。お艶様をお送り申して、新しい花嫁様をおれたちがお迎えする。なあ、相棒よ」

参吉、帰りは晴れがましくも賑《にぎ》やかだぜ」

と後棒《あとぼう》の虎松《とらまつ》が答えた。だれもが今津屋吉右衛門の再婚を気にかけていたのだ。

「お二人にはそのことを心得ておいてほしいの」

「おこんさんよ、念にはおよばないぜ。そのお方の前でお艶様の話なんぞはしねえからよ」

「お佐紀様も法事に出られるんだもの、お艶様のことは承知よ。でも、無理に聞かされることもないと思ったの」

「万事呑《の》み込んだぜ」

と参吉が承知した。

三挺の空駕籠を連ねた一行が六郷土手に着いたのは、八つ半（午後三時）過ぎのことだった。すると、小清水屋右七とお佐紀の親子が渡し場から土手道を上がってくるではないか。後に続く男衆《おとこし》は荷物を担ぎ、手に風呂敷包みを提げていた。

「右七様、お佐紀様、お待たせしたようですね。申し訳ないことでした」

おこんが慌てて駆け寄った。

「坂崎の旦那、あの方が吉右衛門様の花嫁御寮かえ、きれいだねえ。なあ、相棒」

「おりゃ、魂消《たまげ》たぜ。今津屋の旦那の相手というからさ、薹《とう》の立った年増《としま》かと思っていたが、若くて美形だ。吉原なら太夫格だ」

磐音のかたわらでは参吉らが、お佐紀の整った顔立ちに呆然《ぼうぜん》と見とれて不謹慎なことを言い合った。

菅笠の下の顔は路上の照り返しを受けて白い肌が上気し、そこはかとない色香を漂わせていた。なにより凜《りん》とした美しさが見る者を圧倒した。

「おおっ、おこんさん。われらもたった今、川を渡ったところですよ」

おこんに言葉を返した右七が、お佐紀と会釈《えしやく》を交わす磐音に、

「坂崎様にも迎えに来ていただきましたか、恐縮にございます」

と言いかけた。

「道中恙《つつが》無く参られましたか」

と答えながら、磐音はもう一人の同行者がいないなと辺りを見回した。だが、お艶の実兄の赤木儀左衛門の姿はどこにも見えなかった。

「儀左衛門どのは用足しにでも参られましたか」

おや、という顔を右七がして、

「儀左衛門さんは別の道中との知らせ、江戸に届いておりませぬか」

との返答に、磐音はおこんを見た。おこんも顔を横に振って、

「行き違いになったのかしら」

と首を傾《かし》げた。

別々となれば、儀左衛門は伊勢原宿から大山道を江戸入りしたのであろう。

「ともあれ米沢町へ参りましょうか」

おこんが差配して先頭の駕籠に右七が、続いてお佐紀を乗せようとした。するとお佐紀がちらりと磐音を見て、

「川崎宿まで駕籠で参りました。駕籠屋さんには悪うございますが、しばらく足を伸ばさせてください」

と願った。ならばと、おこんは小田原から大荷物を負って歩き通してきたらしい男衆に駕籠を勧めたが、

「奉公人が滅相もないことでございます」

と尻込《しりご》みされた。

おこんは宮松に男衆の荷物を分けて持つように命じた。これで荷の一件は片付

いた。

「空駕籠が二つになったわ」

おこんがどうしたものかという顔で磐音を見た。

「お佐紀どのが途中から乗られよう。もう一つにはおこんさん、そなたが乗れば よい。米沢町から歩いてきたのだ、そなたが疲れ果てては明日の法事に差し支えるでな」

「私は大丈夫よ」

と遠慮するおこんを二つめの駕籠に強引に乗せた。

最後の空駕籠にお佐紀の手荷物を乗せ、そのかたわらをお佐紀と磐音が肩を並べて道中することになった。

男衆と宮松は、右七の乗った駕籠の左右を進んでいく。磐音らは今来たばかりの東海道を折り返して今津屋を目指した。

「坂崎様、先の日光社参ではご活躍だったそうでございますね」

吉右衛門から文で知らされたか、お佐紀がそう言った。

「思いがけなくも今津屋どのご一行に同道して日光を往復することになり申した」

磐音の答えにお佐紀が微笑《ほほえ》んだ。

日光社参に際し、磐音が務めた隠密《おんみつ》の御用を、お佐紀はなんとなく承知している様子の微笑みだった。

磐音は十一代の将軍位を約束された大納言徳川家基に密《ひそ》かに同道して日光に赴き、江戸に戻ってきたのだ。だが、そのようなことを口にできるわけもない。

「お佐紀どの、小田原はお変わりございませぬか」

「弟の小太郎《こたろう》がもう少ししっかりしてくれるとよいのですが」

と小清水屋の跡取りのことを気にした。

お佐紀は江戸に嫁ぐ前に弟の小太郎を一人前の後継者にと願い、脇本陣のあれこれを教え込んでいた。だが、小太郎はまだ十五歳と幼かった。

「小太郎どのは未だお若い。右七どのがご壮健ゆえ、お佐紀どのがやり残されたことは父御がなされよう」

頷いたお佐紀の横顔になにか憂いがあるように思えた。

磐音は、駕籠に乗らず歩きたいとお佐紀が願ったときから、なにか話があるのではと推測していた。

だが、迷う風情《ふぜい》を見せながらも、お佐紀はそれを口に出せないでいた。

磐音は足の運びを緩めて空駕籠を先に行かせた。話を聞かれないためだ。

「お佐紀どの、なんぞ悩みがございますので」

「坂崎様を欺くことはできませんね」

苦笑いしたお佐紀は、

「坂崎様にまたご面倒をかけてようございますか」

と許しを乞《こ》うた。

「お佐紀どのは今津屋どののお内儀になられるお方です。それがしにとっては主家の奥方同様。悩みあらば取り除くのが務めにございます」

磐音は微笑みつつ答えていた。

「吉右衛門様はお幸せなお方です。坂崎様のようなお方と昵懇《じっこん》の付き合いをなさっておられるのですから」

「お佐紀どの、それがしにできることならば遠慮なくお話しくだされ」

「では、お言葉に甘えます」

お佐紀の素直な言葉に磐音は頷いた。

「坂崎様のご助勢で大塚左門様と鎌倉から逃れた姉は、あちらこちらを放浪した末に江戸に落ち着いたようです。その姉が密かに文を寄越しました」

密かとは父親の右七に内緒ということだろう。

「どちらにお住まいかな」

「深川を流れる十間川の南にあたる猿江村というところの百姓、小右衛門《こえもん》様方の家作に住まいしているようです」

「大塚どのと一緒ですね」

お香奈は、小田原藩大久保家藩主忠顕《ただあき》と正室のお軽《かる》の方様のお側《そば》に奉公した女性だ。深川も外れの家作暮らしではさぞ苦労していることだろうと磐音は推測した。

「大塚様とは仲良くやっていると思います」

曖昧《あいまい》に答えたお佐紀は思い切ったように言い出した。

「なにやら大塚様が面倒に巻き込まれておられるとかで、姉は金銭を無心してきました。いつかはこのような文が届くのではと思っておりましたから、驚きはしませんでした。ですが、私が嫁いだ後も今津屋様にこのような無心の文が届くのは困ります」

それがお佐紀の危惧《きぐ》だった。

「お香奈どのは、お佐紀どのが今津屋どのと祝言を挙げることを承知なのですか」

「なぜか承知しておりました」

お佐紀の口調には不快の気配が漂った。

今津屋の周辺を訊き回って知ったことか。それがお佐紀の不快に思った理由かもしれなかった。

「坂崎様、祝言を挙げる前に姉の一件をなんとか片付けて今津屋様に嫁ぎたく存じます。父は姉から文が届いたことを承知しておりません。鎌倉から大塚様とともに逐電し、儀左衛門様や由蔵様に迷惑をかけ、恥をかかせたことを、父は許してはおりません。ですが、内心では案じていることも確かです」

「それが親心です」

「坂崎様、姉が文で願ってきた金子《きんす》は五十両でした。こたびの上府にあたり、百両の金子を用意して参りました。これが父に内緒で工面できる限度にございます。坂崎様、この金子、姉に届けていただけませぬか」

お佐紀は背に負っていた風呂敷包みを解くと磐音に差し出した。

「お預かりいたす」

差し出された包みを磐音は迷うことなく受け取ると懐《ふところ》に仕舞った。

お佐紀がほっとした顔をした。

「お香奈どのの文には、面倒がどのようなものか書いてはございませんでしたか」

「大塚が面倒に巻き込まれたとあるだけでした。ですが、私は大久保家との関わりかと推量しております」

とお佐紀が言った。

大塚左門はお香奈と逐電する前、藩改革を志す家臣として密かに同志を募り、動いていた。だが、大塚はそれを抜けてお香奈と小田原を後にしたのだ。

また同志の一人、御近習の吉村作太郎《よしむらさくたろう》はお香奈に想いを寄せる一人であった。吉村にとって大塚は、同志を裏切り、お香奈までも奪おうとした人間だった。

鎌倉で落ち合った大塚とお香奈を追ってきた吉村らが大塚左門に斬《き》りかかるところを磐音が中に入り、二人を逃がした経緯があった。

お佐紀は吉村らが二人の隠れ家を探し当てたのではないかと推測していた。

「いかにもありそうなこと。だが、そうと決まったわけではない。深川にはそれがしも住まいしておりますれば、信頼のおける御用聞きの親分もおられる。お佐紀どのが江戸におられる間に様子を探ります」

「お願いいたします」

と頭を下げたお佐紀は、

「坂崎様、もしできることならば姉の一件、父にも吉右衛門様にもおこんさんにも内緒にしてはいただけませんか。父はそのことを知ると怒り狂って大塚様と姉の住まいに乗り込みかねませんし、今津屋様には迷惑と不快をかけた姉のこと、改めて思い出されるのも嫌なことかと存じます」

と言い足した。

「承知しました」

磐音は答えると、

「お佐紀どの、もはや蒲田《かまた》村にございます。まだ先が残っています。駕籠にお乗りくだされ」

と先行する駕籠を止めさせてお佐紀を乗せた。

小清水屋右七、お佐紀の一行を乗せた駕籠が今津屋の前に到着したのは、暮れ六つ（午後六時）前のことだった。

荷物を負った宮松が日本橋を渡った辺りから先行して知らせていたので、店の

前には由蔵らが出迎え、その中になんと儀左衛門もいて、

「坂崎様、おこんさん、相すまぬ。歳《とし》は取りたくないものです。右七さん方とは別の道中にするという文を書いて、それを飛脚屋に渡したつもりが、まだ文箱《ふばこ》に残っておりました。それに気付いたのは伊勢原を発《た》つ前の夜のことです。叱《しか》られるのを覚悟で大山道を急いできましたが、間に合いませんでした」

と平謝りに詫《わ》びた。

「儀左衛門様のお蔭で私は思いがけなく六郷土手から駕籠に乗せてもらい、楽をしてきました。なんのことがございましょう」

おこんが応じて、由蔵が、

「右七様、お佐紀様、ようこそおいでくださいました。まずは奥へとお願い申します」

上がりかまちに座した父と娘は、用意されていた濯《すす》ぎの水で旅塵《りょじん》を洗い流すと奥へと消えた。

「坂崎さんも奥へどうぞ」

おこんが店先に立ち止まったままの磐音を振り返った。

「おこんさん、それがしの御用はここまでじゃ。昨日来、王子村、六郷の渡しと

歩き回り、いささか疲れた。今宵《こよい》は早々に引き上げ、明日の法事には間に合うように戻って参る」

「おかしいわねえ」

とおこんが磐音を睨んだ。

「奥では皆さんがお待ちなのよ」

「今宵は水入らずで積もる話をされるのがよかろう」

「ますます怪しいわ」

おこんが磐音の顔をじろじろと見た。

「ははあん、お佐紀様と肩を並べて真剣な表情で話し込んでたようだけど、なにか頼まれごとをされたのね」

おこんは先行する駕籠から、徒歩で従うお佐紀と磐音を見ていたらしい。

「おこんさん、それは考えすぎじゃ。ちと草臥《くたび》れたゆえ今宵は失礼いたすと言うておるだけだ」

おこんはしばらく磐音の顔を見ていたが、

「致し方ござらぬ。だれにでも頼まれごとをされるのが、居眠り磐音のよいところであり、また欠点にござる」

と茶化して言った。

「欠点とはどういうことかな、おこんさん」

「だって、だれかに頼まれごとをして走り回れば、それだけ私と過ごす時間《とき》が減るということでしょう。違うかしら」

「まあそれはそうだが」

「御用なら御用とおっしゃいな、すぐに放免するから」

「それは……」

と危うくおこんの探りに乗りかけた磐音は、

「いやいや、たれにも頼まれごとなどされてはおらぬ」

ときっぱりと答えた。

「許して遣わす。精々、どなたかのために働きめされよ。当然、今津屋とお佐紀様のためになることでしょうからね」

とおこんが諦《あきら》め顔に言った。

「おこんさん、明日、会おう」

磐音はこれ以上おこんと一緒にいるとつい喋《しゃべ》りそうで、早々に今津屋の前を離れた。

三

両国橋を渡った磐音は六間堀の金兵衛《きんべえ》長屋には戻らなかった。

訪ねた先は本所横川の法恩寺橋際に地蔵蕎麦《じぞうそば》の暖簾を出し、南町奉行所の定廻《じょうまわ》り同心木下一郎太《きのしたいちろうた》から鑑札《かんさつ》を受ける十手持ち、竹蔵《たけぞう》親分の店だ。

地蔵蕎麦は暖簾を下ろしていた。だが、店の戸口は開け放たれて蚊遣《かや》りが焚《た》かれていた。

「御免くだされ」

磐音が声をかけると、

「へえっ、ちょいとお待ちを」

という声がして手下《てか》の音次《おとじ》が姿を見せた。

「坂崎様、ちょうどいいところにお見えになりましたぜ。知り合いの漁師がかたちのいい鱸《すずき》をくれたんで、洗いにして一杯やり始めたところでさ」

「ということは、世は事もなし。親分もおられるな」

「むろん、いまさあ」

包平を腰から抜くと磐音は音次に従い、奥の居間に通った。

御用聞きの家だ。神棚と仏壇が並んだ前に地蔵の竹蔵親分がでんと座り、手下たちが居間から縁側に車座に座って酒を飲んでいた。

「おおっ、よいところにおいでになったと言いたいが、御用の様子ですね。急ぎですかえ」

「人の生き死にの話ではなし、一刻を争うことでもない。親分に内々に知恵を借りたい」

「ならばさ、ちょいとお付き合いいただき、その後に貸せるほどの知恵があるかないかお聞きしましょうか」

忽《たちま》ち磐音の座が設けられ、酒器が持たされた。

大ぶりの蕎麦猪口《ちょこ》に酒が七分目ほど注《つ》がれて、磐音の鼻腔《びこう》を刺激した。なにしろ未明から歩きどおしだ。喉《のど》がからからに渇いていた。

「頂戴いたす」

酒器を鼻に近付け、香りを楽しんだ後、口に含んだ。芳香が口いっぱいに広がり、舌先を酒精が転がった。

ゆっくりと喉に落とした。五臓六腑《ごぞうろっぷ》に心地よさが広がっていく。

しばし瞑想《めいそう》した磐音は、酒が陶然とした酔いをもたらすのを楽しんだ。

「美味《うま》い、美味《お》しゅうござる」

「坂崎様はなんとも美味そうに酒を飲みなさるねえ」

と嘆息した竹蔵が、

「鱸の洗いがまた絶品ですぜ、お食べなせえ」

と大皿に薄く飾り付けられた鱸を指した。

「おおっ、これは」

磐音が絶句するほどの美しくも透き通った身が綺麗《きれい》に並んでいた。

「酢味噌で食べると、この暑さが吹っ飛びますぜ」

磐音は勧められるままに小皿に取り分け、透き通った鱸を酢味噌につけて口に入れる。すると涼味が口いっぱいに、
ふわっ
と広がり、身の甘さが舌にあっさりと絡《から》み付いてなんとも絶品だった。

「親分、贅沢《ぜいたく》にござるな」

「でしょう。飲んだ後には、浅蜊《あさり》の味噌汁を冷やしたぶっかけ飯が待ってまさあ。こいつは漁師の食い物だが、夏にはいけますぜ」

と竹蔵が笑った。

わいわいがやがや、親分と手下たちに混じって酒を飲み、焼き海苔《のり》を散らした浅蜊のぶっかけ飯を馳走《ちそう》になった頃、

「親分、馳走《ごち》になったぜ」

「また、明日」

と通いの手下たちが帰っていった。

居間に残ったのは竹蔵と磐音だけで、女房のおせんが熱い茶を淹《い》れてくれた。

「おかみさん、浅蜊のぶっかけ飯も美味かった。上にかかった焼き海苔と青葱《あおねぎ》が、なんとも絶妙に浅蜊の風味を引き出しておった」

「お武家様の口に合うかどうかと思ったけど、坂崎様は格別ですよ。なんでも美味しいと言ってくれるから、食べさせ甲斐がありますよ」

と笑って台所に引き下がった。

「用事を伺いましょうか」

ようやく二人だけになったところで竹蔵が切り出した。

「親分、今津屋のお内儀の三回忌の法要を執り行うにあたり、小田原から新しく

迎えられるお佐紀どのが、本日江戸に出て参られた……」

と前置きして、鎌倉での話を交えつつ、お佐紀から頼まれた用件を告げた。その上で、

「お香奈どのと大塚どのは暮らしに詰まっただけなのか、それとも厄介《やっかい》ごとに巻き込まれておられるのか、その辺がお佐紀どのに宛てられた文でも判然とせぬらしい。そこで親分に願いたいのじゃが」

「わっしはまず、深川猿江村の小右衛門方の家作に住む大塚左門様とお香奈様の様子を探ればいいんですね」

「そういうことじゃ。お佐紀どのは姉上と大塚どのの二人の厄介ごとをすっきりさせて、今津屋どのに嫁ぎたいと望んでおられる。ただし、お佐紀どのが今津屋に逗留なされる数日しか猶予がない」

「まず明日の朝一番に猿江村の小右衛門を探して、二人がおられるかどうか確かめてみましょうかえ。うちは手下と酒を飲むくらいだから暇ですがね、話が話だ。わっし一人でなんとか片を付けましょうかね」

と苦労人の竹蔵親分が呑み込んでくれた。

「かたじけない。お願い申す」

と頭を下げて磐音は立ち上がった。

「馳走になったうえ頼みごとまでして相すまぬが、昨日から王子と六郷を往復していささか疲れた。本日はこれにてお暇《いとま》いたす」

「懐に、預かった大金をお持ちのようだ。坂崎様を襲う馬鹿はいねえだろうが、気をつけてお帰りくださいまし」

竹蔵は話の内容と磐音の懐の膨らみからそう察して注意した。

「承知した」

磐音は地蔵蕎麦を出ると、横川沿いに進み、竪《たて》川と横川が交差する北辻《きたつじ》橋に向かった。

刻限は五つ半（午後九時）前か、暑さが夜まで残ったせいで河岸《かし》にはまだ夕涼みをする人影があちらこちらに見えた。中には縁台で将棋《しょうぎ》をさし、酒を飲んでいる者たちもいた。

北辻橋を渡り、本所花町の河岸道を三ッ目之橋まで下って竪川の南に出た。

大川に向かう堀端を大股《おおまた》で歩く磐音の懐に、お佐紀から預かった百両が重かった。なんとなく磐音はこの百両について、お佐紀が婚礼の費用に用意した金子か、今津屋に輿《こし》入れするための持参金ではないかと推量していた。

お佐紀にとっても大事な百両のはずだ。

六間堀にぶつかるところで左に折れて松井橋を過ぎると急に寂しくなった。旗本千六百石御小姓組《おこしょうぐみ》の曾根《そね》邸など武家屋敷が続くせいだ。門番が夕涼みをしている屋敷もあったが、町屋ほど大胆ではなかった。ひっそりと煙草《たばこ》を吸うくらいで、暗がりが時折りぼおっと赤くなったりしていた。

河岸道は五間堀にぶつかり、小さな橋を渡ると再び町屋に入った。馴染みの町内、南六間堀町だ。

深川鰻処宮戸川のある北之橋詰はすぐそこだ。

ひょっとしたら宮戸川でも夕涼みをしているのではないかと歩いていくと、果たして店の前に縁台が持ち出され、蚊遣りが焚かれて、浴衣《ゆかた》姿の鉄五郎や松吉、次平《じへい》、幸吉たちが夕涼みをしていた。

「やはりこちらでも涼をとっておられたか」

「あっ、坂崎様だ」

磐音の言葉に幸吉が喜色の声を上げた。

「なんたってこの暑さだ、眠れやしませんよ」

と答えた親方が、

「明日は今津屋さんの法事でしたねえ。あちらにお泊まりかと思ってましたが」

と訊いてきた。

磐音は今津屋吉右衛門の供で王子の滝に行くと決まったとき、鉄五郎親方に二、三日、鰻割きの仕事を休ませてほしいと願い、許しを得ていた。

鰻を殺生してお艶の三回忌の席に出るのはどうかと思ったからだ。

鉄五郎親方は磐音の気持ちを察して快く休みをくれた。

「急に野暮用が生じて竹蔵親分のところまで相談に行って参った。今津屋には明朝戻ります」

「商売繁盛と言いたいが、坂崎さんの用は頼まれ仕事ばかりだ。この刻限まで汗に塗《まみ》れて駆け回っておられる。気の毒を絵に描《か》いたようだというが、まさに坂崎さんの姿だねえ」

と苦笑いした鉄五郎が、

「酒など飲んでいかれませんか」

「地蔵の親分のところで馳走になった。気持ちだけいただいておき申す。早う戻って井戸端で水を浴びたい」

「なんとも損なご性分ですな」

磬音は苦笑いして、幸吉に目を向けた。

「幸吉、どうだ。鰻割きの腕は上がったかな」

「坂崎様、親方をはじめ、兄弟子方からご注意を受けて、少しずつですがましになっているかと思います」

幸吉が馬鹿丁寧《ていねい》な言葉遣いで答えた。

「幸吉、どういたしたな。熱でも発して、頭がぼおっとしておるのではないか」

その言葉にけたけたと笑ったのは松吉だ。

「坂崎の旦那、さっきまで、親方から言葉遣いがなってねえとさんざ注意を受けていたところだ。そこへ旦那が姿を見せたもんだから、とんちんかんな返答をしやがったんだ」

「松吉どの、ここは笑うところではござらぬぞ。幸吉、その気持ちが大事なのだからな」

と松吉と幸吉の二人に言った磬音は、

「幸吉、おそめちゃんもな、明日の法事のためになりふり構わず働いておるぞ。元気に勤めているゆえ安心いたせ」

「おそめちゃんが頑張ってるって聞いて、浪人さん、おれもさ、安心したぜ」

幼馴染みの名を聞いて興奮した幸吉がつい地を出して、鉄五郎に、
ぴしゃり
と頭を叩かれた。

「これ以上長居をすると、幸吉の言葉遣いが元に戻りそうじゃ。どなた様も御免蒙《こうむ》る」

磐音はさっさと宮戸川の前を離れた。

金兵衛長屋に戻ると、こちらも溝板《どぶいた》の路地に蚊遣りの火が浮かんでいた。

「わが長屋でも夕涼みかな」

「旦那、今晩は今津屋に泊まりじゃなかったのかい」

水飴《みずあめ》売りの五作《ごさく》から、鉄五郎と同じ問いを受けた。

「野暮用でな、あちらこちらと走り回っておった。体じゅう汗まみれだ。すまぬが、井戸端で水を被《かぶ》らせてくれぬか」

「なんとも貧乏性の旦那だぜ。水なんぞ、勝手に被りなせえ。こっちも涼しくなるかもしれねえや」

磐音は閉め切った長屋の戸を開き、懐の百両の包みと腰の大小を抜いて上がりかまちに置き、行灯《あんどん》の灯《あか》りに火を入れた。すると暑さがしつこく居残っている九

尺二間の長屋が、
　ぼおっ
と浮かんだ。夜具を丸めた部屋の壁際に、鰹節《かつおぶし》屋から貰《もら》ってきた木箱を仏壇代わりに三柱の手書きの位牌《いはい》が立っていた。

「琴平《きんぺい》、慎之輔《しんのすけ》、舞《まい》どの、ただ今戻った」

亡き親友に挨拶すると、着替えの浴衣と下帯を出し、手拭いと桶を持って井戸端に行った。

汗まみれの衣服を脱いで椿《つばき》の枝にかけ、下帯一つになって釣瓶《つるべ》で水を汲むと肩から水を浴びて、

「ふうっ、生き返った。極楽じゃ」

　と嘆息した。

「あれで六百何十石かのご嫡男というんだぜ。他人のために走り回ってよ、夜中に裏長屋の井戸端で水を被ってよ、極楽だと言ってるんだから、どこまで坂崎の旦那は人がいいんだか」

「それだからさ、うちらともお付き合いしてもらえるんだよ」

　とおたねが反論する言葉を聞きながら、磐音はまた水を浴びた。

翌朝、磐音は六間湯に行った。いくら夜中に井戸端で水を被ったとはいえ、落としきれないべたべたした汚れが残っていた。

その上、じっとりとした暑さは明け方まで残っていて、水を被った体に新たな汗をかいた。

そこで一番湯に行き、丁寧に磨きをかけた。体じゅうを糠袋《ぬかぶくろ》で擦《こす》り上げ、再び湯船に体を浸《つ》けたところに、金兵衛が石榴口《ざくろぐち》を潜《くぐ》って姿を見せた。

「昨夜《ゆうべ》、井戸端で水浴びをしたそうですな」

「お騒がせ申した」

「そんなことはどうでもいいが、今日は今津屋のお艶様の三回忌でしょうが」

「それゆえ、せめてこの身だけでもさっぱりしておこうと朝風呂に来たところです」

「なんだか知らないが慌ただしいことで」

「それがしは大したことはござらぬ。だが、おこんさんは今日が采配《さいはい》の振りどころ、多忙であろう」

辺りを見回し、だれもいないことを確かめた金兵衛が、

「坂崎さんとおこんが所帯を持ったら、さぞや他人様のために無闇《むやみ》やたらと走り回る夫婦ができあがるこったろうね」

と囁《ささや》いた。

「おこんさんの気性は血筋にござる」

「なにっ、婿どのはこの金兵衛のせいと言われるか」

「いかにも、舅《しゅうと》どの」

と答えた磐音は、

「お先に御免。これから熊床《くまどこ》に参ります」

とさっさと湯船から上がった。

磐音は六間湯から髪結い床の熊床に回った。

髷《まげ》を結い直して髭《ひげ》をあたってもらおうと考えてのことだ。

磐音が熊五郎《くまごろう》親方の手練《てだれ》の櫛《くし》遣いにうっとりと半ば居眠りをしているところに、

「やっぱりこちらでしたかえ。金兵衛さんに聞いてめえりやした」

と竹蔵の声がして、寝惚《ねぼ》け眼《まなこ》の先にひと働きしてきたらしい竹蔵の実直そうな顔が映った。

「親分だけに働かせて相すまぬ」

熊五郎親方が、

「親分、もう終わりだ」

と櫛の先で髷のかたちを整え、

「お待ちどうでございました」

と磬音に声をかけながら、

「地蔵の親分、話があるのなら小上がりを使いなせえ」

と将棋盤などが置かれた板の間を指した。客が順番を待つ板の間だが、この日はだれもいなかった。

「借りるぜ」

煙草盆を挟《はさ》んで磬音と竹蔵は向き合った。

「猿江村の小右衛門というのはそこそこの百姓でしてねえ、長屋門のある屋敷の中に空《あ》いた納屋があります。そこに、大塚左門様とお香奈様はお住まいでした」

「親分、会われたか」

「いえ、会うのは坂崎様のお仕事だ。だが、事情を知らなきゃあ、わっしの役目は果たせねえ。あの界隈でも人徳のあることで知られた小右衛門さんに会い、それとなくお二人の様子を訊いたんでさ」

熊五郎の女房が二人に茶を運んできた。

「おかみさん、造作をかける」

「なんてことはございませんよ」

女房は茶を置くと早々に髪結いの仕事に戻っていった。

「お二人が小右衛門の納屋に住まいするようになったのは、ふた月も前のことだそうです。あちらこちらと旅をしてきて江戸に入ったお二人は、町中より里が好きだと、小右衛門方の納屋を貸してくれるよう人を介して頼んできたらしい。最初こそ金銭《かね》に困ったふうはなかったそうです。それに大塚様は手習い塾の看板を掲げて、猿江村の子供たちに読み書きを教えるようになった。まあ、なんとか生計《たつき》の目処も立った頃、ここひと月前から様子が急に変わったということです。へえっ、大塚様がつい懐かしさのあまり、増上寺《ぞうじょうじ》近くの小田原藩の上屋敷近くに朋輩《ほうばい》を訪ねたとかで、その帰りにツケ馬を連れてきたんでさ」

「吉村作太郎かな」

「いえ、尾行の者は小久保五郎次《こくぼごろうじ》という大久保家のご家来だそうでさ。その後、吉村らが徒党を組んで姿を見せるようになって、大塚左門様とお香奈様の顔はどんどん暗く沈んでいったそうな。なにかと無理難題を言う様子が小右衛門にも見えるとか。お二人の表情が沈むと同時に、近頃では暮らしの銭にも困った様子だということです」

「吉村らに金子を搾り取られておるのであろうか」

「そこまで小右衛門は承知していませんが、近々なにか起こるんじゃないかと気にしておりやした」

「それがし、お佐紀どのから姉に渡してくれと百両を預かっておる。この金子を渡したところで二人の面倒は解決しそうにないな」

「吉村とかいう大久保家の御近習に搾り取られ、お香奈様は深川横櫓《よこやぐら》の曖昧宿に叩き売られるのが落ちですぜ」

「親分、それほどの悪か。その兆候が見えるのか」

「へえっ」

と答えた竹蔵は、

「吉村らが猿江村の帰りに、越中島の女郎屋玉ノ蝶に揚がったことを突き止めました」

「さすがは親分、早いな。お手柄だ」

「それがさ、小右衛門方の小作人が、偶然にも、大塚様のところに出入りする侍たちが玉ノ蝶の暖簾を潜るのを見かけてたんで。わっしの手柄でもなんでもないや」

と苦笑いした顔を引き締めた。

「その足で玉ノ蝶に寄ってきやした。妓楼《ぎろう》の主はわっしと少々曰《いわ》くがございやしてね。小田原藩御近習の吉村作太郎様のことを訊くと、この数年姿を見せなかった吉村らが立て続けに数回遊んでいったこと、それと、ちょいと年増だが美形の女を買ってくれぬかと下相談を持ちかけていることを喋ったんでさ」

「お香奈どののことであろうな」

「まず間違いないところで」

と答えた竹蔵が、

「事は急いでるように思えます。坂崎様、出番ですぜ」

「お香奈どのと会うか」

「それもなるだけ早いほうが」

磐音は頷きながら、お艶の三回忌の法要は欠席することになりそうだと思った。お佐紀のみならず今津屋にとって大事なことと考えたからだ。だが、お艶の法事を黙って欠礼するのは気が引けた。すると竹蔵が、

「今津屋には、よんどころない御用で顔出しできないと、わっしから伝えておきやしょうか」

「頼む」

磐音は即座に決心した。

四

熊床で竹蔵親分と別れた磐音は一旦長屋に戻り、服装を改め、お佐紀から預かった百両を懐に入れて、金兵衛長屋の木戸を出た。

「おや、婿どの、まだおられましたかな。法事は朝の間と決まりだが、間に合いますか」

「それがちと急用が生じましてな、今津屋の法事には出られなくなりました」

「ははあん、地蔵の親分が湯屋に顔を出したが、親分の御用ですかえ。そうそう他人様のことに走り回ってばかりでは身が保《も》ちませんぞ。それに、今津屋に義理を欠くことになる」

と心配した。

「はあ」

と曖昧に返答した磐音は猿江村まで陽射しの下を歩いてきたところだ。

昼の頃合い、今津屋ではすでにお艶の三回忌の最中であろうと推測した磐音は、心の中で、

（お艶どの、お許しくだされ）

と詫びた。

白地の単衣に袴《はかま》を着け菅笠を被った磐音は、両刀を差した姿で深川猿江村の百姓、小右衛門の長屋門を潜った。

芙蓉《ふよう》の花が咲く庭に初老の男が竹笊《たけざる》を抱えて立っていた。畑の帰りか、笊には茄子《なす》など瑞々《みずみず》しい夏野菜が入れられていた。

「どなたかな」

「小右衛門どのにござるか。それがし、地蔵の竹蔵親分の知り合いでな、こちらの納屋にお住まいの大塚左門どのとお香奈どのを訪ねて参った坂崎磐音にござる」

「はいはい、地蔵の親分のお知り合いね。日が暮れて訪ねてくるお武家様とは様

子が違うと思いましたよ」

小右衛門はどうやら吉村作太郎らのことを言っているらしい。

「大塚どのとお香奈どのはおられようか」

「おられますよ」

と答えた小右衛門は声を潜《ひそ》め、

「坂崎様とやら、どうもこのところお二人の様子がおかしいのでな、案じております のじゃ」

「おかしいとは、はて、どのように」

「どうにも思い詰めた表情でな、暗い顔付きにございますよ。お二人で首でも括るんじゃないかと冷や冷やしていますのさ」

「こちらに世話になった当初はなかったことにござるな」

「旧藩のお武家方が出入りするようになってから、大塚様とお香奈様の様子がおかしくなりましてね。大塚様はうちの座敷で寺子屋を開かれた頃には明るいお顔をしておられたのじゃが」

と小右衛門は首を傾げた。

「お会いして参ろう」

「納屋はこの垣根の奥でな、一軒しかないのですぐに分かりますよ」

山茶花《さざんか》の垣根の向こうには、小右衛門が今までいたと思える野菜畑が広がり、その間を小道が納屋へと延びていた。

納屋の後ろは竹藪《たけやぶ》で、さわさわと風に鳴っていた。

磐音が納屋の前にある小さな庭に立つと、納屋の中から姉《あね》さん被りにした女が出てきた。磐音は一瞬、

（お香奈どのであろうか）

とわが目を疑った。

お香奈は、大久保家の藩主忠顕と奥方お軽のお側に仕えた奥女中の風姿を失っていた。その容色は残していたものの、表情が暗く沈んで翳《かげ》り、双眸《め》に力が宿っていなかった。

「お香奈どの、お邪魔いたす」

お香奈はしばし磐音を見詰めていたが、

「坂崎様」

と呟くように言った。

「それがし、お佐紀どのの使いで参った」

お香奈の顔に、
ぱあっ
と喜色が走った。だが、それはすぐに希望のない表情へと戻った。

「妹は江戸に出て参っているのですね」

「今津屋どののお内儀の三回忌の法要に出て参られた。ただ今の刻限、法会の最中にございましょう」

「やはり佐紀は今津屋の主どのと祝言を挙げるのですか」

「ご存じのようですね」

「姉の私が勝手な道を選んだゆえ、佐紀が代わりを務めることになったのですね」

「お香奈どの、それは違います」

磐音はきっぱりと言った。

「違うと申されますと」

「お佐紀どのは自らの意思で今津屋どのとお会いになり、敬愛できる人物と見極められたゆえに、江戸に嫁ぐことを決められたのです。また、今津屋どのも姉の代わりにとのことならば、見合いはなされなかったでしょう。お香奈どの、この祝言、父御の右七どのも大いに賛同なされておられます」

磐音の返答にお香奈は顔を嫌々でもするように横に振り、動きを止めると小さな溜息《ためいき》をひとつついた。

「香奈、小右衛門どのが家賃の催促に見えたか」

という声がして、大塚左門が納屋の戸口に姿を見せた。

膝《ひざ》が抜けた単衣に帯をだらしなく巻いていた。月代も髭《さかやき》も延び放題で、放浪の旅の苦労が偲《しの》ばれた。鎌倉で別れたときより十歳は老いたようだと磐音は思った。

「どなたかな」

と小さな声で問いかける大塚に、

「おまえ様、鎌倉の亀返坂《かめかえり》で危うきところをお助けいただいた坂崎様にございますよ」

「おおっ」

と叫んだ大塚が黙り込み、

「お恥ずかしき姿をお見せいたす」

と呟いた。

「それがし、お佐紀どのより預かりしものを届けに参った」

大塚の顔に希望の光が灯《とも》ったのは一瞬で、また羞恥《しゅうち》と絶望の表情に沈んだ。

「われらはなにを間違えたか」

後悔の言葉が大塚の口から洩れた。

「おまえ様……」

お香奈が大塚を見た。

「小田原藩御近習吉村作太郎氏《うじ》らがそなたらに纏わりついておること、それがし承知にござる。その要求とはいかなるものかお聞かせ願いたい」

「そ、そなた、そのようなことまで承知か」

大塚が縋《すが》るような目で磐音を見た。

「坂崎様、お助けください！」

お香奈が叫んだ。

「お香奈どの、それがお佐紀どのの願いにござる。すべてをお話しくださるか」

お香奈が大塚を見た。

「坂崎様に中に入っていただきませぬか」

「陋屋《ろうおく》を見られとうはないが」

二人が目で見交わし、

「恥ずかしき侘住《わび》まいにございますが、どうぞ」

と磐音を中へ招じた。

元小田原藩御近習大塚左門と奥女中お香奈の住まいは、納屋に床を張っただけだった。それでも板の間には煮炊きもできるように囲炉裏《いろり》が切られ、筵《むしろ》がその周りに敷かれていた。囲炉裏のある板の間に続いて奥に四畳ほどの座敷があった。文机《ふづくえ》代わりの箱と習字の道具が見えた。

元々納屋に手を加えたものだ。仕切りの壁も天井もなかった。夏を過ごせたとしても、冬はとても住み暮らせる建物ではなかった。

「お香奈どの、お佐紀どのからの預かりものにござる」

磐音は懐から、お佐紀が背に負ってきた風呂敷包みの百両を差し出した。

ちらりとその包みに目をやったお香奈は哀《かな》しげな顔をした。

「お佐紀どのがお二人のお気持ちに応えられた金子百両にござる。ただし、今津屋に嫁いだ後はこのようなご用立てはままなるまいと言うておられた」

大塚からもお香奈からもなんの言葉も返ってこなかった。

「それがし、この百両がお二人の暮らしに役に立つことを心から願うており申す。そこで最前のお話に戻るが、昔の同志、吉村らがお手前方の住まいを見つけた経緯は察しておる。大塚どのが小田原藩の朋輩を訪ねられ、それが因《もと》でここを嗅《か》ぎ付けられたのであったな」

大塚が両眼を閉じて頷いた。

「吉村らはお二人になにを求めておるのです」

二人の口から答えは返ってこなかった。

磐音は待った。だが、ただ無益な時間が流れるばかりだ。

「大塚どの、お香奈どの、話が聞けぬでは手の打ちようもござらぬ」

重い沈黙を破ったのは、肺腑《はいふ》を抉《えぐ》るようなお香奈の叫びだった。

「左門様が気弱なのをよいことに、吉村作太郎は無理無体を言ってはこの陋屋で酒を飲んでいくのです」

「無理無体とはなんでござるか、お香奈どの」

お香奈の両眼が一瞬瞑《つむ》られ、見開かれた。

「同志を裏切った代償に、私に、閨《ねや》をともにせよと迫っているのです!」

「香奈、そのようなことを口にするでない!」

「おまえ様が吉村作太郎に立ち向かう気概さえあれば、私もこのような仕打ちを受けることはありませなんだ」

「香奈！」

二人が叫び合った。

「大塚どの、吉村らに金銭を強請《ゆす》り取られましたか」

大塚が目を伏せた。

「私が話します！」

と叫んだお香奈が、

「ふた月ほど前、江戸に入ったとき、私どもは五十余両を懐に残しておりました。私どもにとってはこれから江戸で生きていくために欠かせぬ虎の子の金子でした。それを左門様が懐かしさのあまりお屋敷に近寄られたゆえに、吉村作太郎に搾り取られる目に遭《お》うたのです」

「香奈、あれは朋輩に仕事を紹介してもらおうと屋敷近くに立ち寄ったのだ。懐かしさだけではないぞ」

左門が弱々しく反論した。

「吉村はこちらを度々訪れ酒を飲んだ挙句に、金銭ばかりか、お香奈どのの身まで要求したのですね」

「はい」

と返事したお香奈が、

「吉村作太郎はお佐紀が今津屋に嫁ぐことを知って、私どもに話してくれました。その上、天下の豪商の内儀に妹がなるのだ。もはや金の生《な》る木を見つけたも同然、新たに五十両を都合せよと迫っております」

と告げた。

「ですが、私はそれだけはできぬと拒んできました」

吉村は大塚とお香奈をとことん甚振《いたぶ》る気のようだった。

今津屋から金子が引き出せぬときは、深川の妓楼玉ノ蝶にお香奈を売ることさえ考えていた。もはや大名家の家臣が考えることではない。

「大塚どの、書状を一通認《したた》めていただけぬか」

磐音は文机代わりの箱を見た。

「たれにでござるな」

「むろん、吉村作太郎に宛てた書状です」

大塚の顔に怯《おび》えが走った。

「坂崎どの、なにを考えておられる」

「大塚どの、お香奈どの、吉村作太郎と正面から立ち向かい、二人の意思を通さねば、お二人は生涯吉村作太郎に付きまとわれ、搾り取られて野垂れ死にするしか道は残されておりませぬ。覚悟めされよ」

大塚は沈黙したままだ。だが、お香奈が、

「左門様、勇気を出してくだされ。武士の矜持《きょうじ》がなにかを思い出してくだされ！」

と必死の叫びで亭主を鼓舞した。

「坂崎どの、ご助勢あるか」

「それがし、そのためにこちらに参った」

大塚がしばしの沈思の後、自らに得心させるように首肯《しゅこう》した。

普通、江戸の人が、

「おいてけ堀」

と呼ぶとき、浅草天王町の天王橋から隅田川へ至る堀を指した。だが、今ひとつ、竪川と南十間川が交差する北東の亀戸《かめど》村に、おいてけ堀と里の人が呼ぶ池があった。

東西に長いおいてけ堀には、北側から池の真ん中に向かって出島が突き出していた。青々と繁る葦《あし》に囲まれた小さな出島には、妙見菩薩《みようけんぼさつ》を祀った御堂があった。

夜半過ぎ、蒼《あお》い月光がおいてけ堀を照らし付けていた。

その御堂の前に男女二つの影があった。

大塚左門とお香奈の姿だ。二人は白鉢巻に白襷《しろだすき》をして、吉村作太郎らの到来を悲壮な覚悟で待ち受けていた。

出島の細い道を六つの影が渡り、妙見堂に近付いてきた。一人は巨漢の吉村作太郎だ。

「おい、江戸に出てきたお佐紀から金子が届けられておろう。金子が用意できたというでわざわざ遠出をしてきたが、なんだ、その格好は」

「吉村作太郎、そなたの言いなりにはならぬ。覚悟せよ」

お香奈が叫んだ。

「なんだと、妹からの金を見て惜しくなったか」

「金子は確かに届いた。だが、もはやそなたらにせびり取られとうはない」

「お香奈、つべこべぬかすとそなたをこの場で手籠《てご》めにして、明日の朝には深川の女郎屋に叩き売るぞ」

「本性を見せおったな、吉村作太郎！」

大塚左門も叫んで腰の刀を抜いた。

お香奈も懐剣を抜き放った。

「左門、やめておけ。怪我《けが》をするだけだ」

吉村作太郎が嘯《うそぶ》いた。

「吉村、そなたも一度は小田原藩の藩政改革に青雲の志を抱いた者ではないか。仲間を甚振り、金子を強要し、人の女房に閨を共にせよなど、どの口から出てくる」

大塚左門が正眼《せいがん》に構えた剣の切っ先を上下に揺らした。

「小久保、こやつら、この暑さに狂ったぞ」

「心形刀流《しんぎようとう》藩道場の師範代吉村作太郎様に、震える剣で立ち向かうか。吉村どの、どう始末をつけるな」

「面倒だ。予《かね》ての打ち合わせどおり、左門は叩っ斬っておいてけ堀に投げ込み、お香奈の味見をして玉ノ蝶に連れ込むまでだ」

「お佐紀から届けられた金子はどうする」

「こやつらの懐になくば納屋に隠してあろう。探し出すまでよ」

「よし！」

と叫んだ小久保が剣を抜いた。

仲間が従った。

剣の柄《つか》にも手をかけぬのは吉村作太郎ひとりだ。

二人を五人が囲んだ。

大塚とお香奈が必死の形相《ぎょうそう》で小久保らの攻撃を受け止め、反撃しようとした。

だが、大塚左門は元々武より文の人、剣術の腕はからっきしだった。

「それそれそれ、そのようなへっぴり腰では戦いにもならぬぞ」

「おのれ！」

大塚とお香奈は斬り伏せられそうになりずるずると後退していった。

そのとき、妙見堂の扉が、
ぎいっ
と軋《きし》んで扉が開いた。

ぎょっ
とした吉村らが月光に現れた者を透かし見た。

「おのれは亀《かめ》ヶ谷《やつ》坂のお節介者じゃな」

「いかにもさよう」

磐音は木刀を片手に提げていた。

「過日は不覚を取った。こたびは許さぬ」

磐音はゆっくりと妙見堂の階段を下りた。

「大塚どの、お香奈どの、こやつらと縁を切る戦いにござる。存分に戦いなされ」

「おのれ、ぬかせ！」

大塚とお香奈が磐音の出現に力を得て、反撃に出ようとした。

吉村作太郎は剣を抜くと大塚左門に向かいかけたが、考えを変えたように磐音の前に立ち塞《ふさ》がり、剣を正眼に付けた。

攻勢をかける大塚とお香奈だが、小久保らを打ち負かす力はなかった。小久保らも手の内を知る磐音の動きを警戒して攻撃が散漫だった。

「吉村どの、そなたの大久保家ご奉公はもはや適《かな》わぬ」

「ご奉公が適わぬとはどういうことか」

吉村が叫びながら間合いを詰めてきた。

磐音も正眼に木刀を置いた。

吉村はさらに巨体を利して、磐音を妙見堂の階段に押し付けるようにじりじりと近付いてきた。
月光が吉村の憤怒の顔を浮かび上がらせた。
正眼の剣が巨体の右肩に立てて引き付けられた。
おおっ！
裂帛《れっぱく》の気合いとともに、巨壁が一気に磐音を押し潰そうと突進してきた。
磐音も、
ふわり
と生死の間仕切りに入り込み、八双《はっそう》から斜めに斬り下ろされる吉村の豪剣の中ほどを、
ぴーん
と弾《はじ》いた。
身幅のある剣が、
きーん
という音を立てて二つにへし折れ、飛んだ。
おおおっ
という驚きの声とともに立ち竦《すく》む吉村の肩に電撃の打ち込みが決まり、肩甲骨《けんこうこつ》

が、
　ぐしゃり
　と砕けて、
　ぎええっ
　という叫びとともに巨体が崩れ落ちた。
　磐音の一撃にその場が凍《い》てつき、震撼《しんかん》させた。
「小久保どの、どうなさるな」
　磐音の木刀が、
　くるり
　と回され、小久保を指した。
「吉村作太郎どのの肩ではもはや剣を振るうことは適うまい。悪行の報い、自業自得と思《おぼ》し召され」
　磐音が小久保に近付いた。
　構える剣先がぶるぶると震えていた。
「これ以上、大塚左門どのとお香奈どのに近付くことは許さぬ。それがし、浪々の身なれど、家治様御側衆《おそばしゅう》速水左近《はやみさこん》様と昵懇の間柄、もし騒ぎが続くようならば、そなたらが主、大久保忠顕様に迷惑がかかるは必定《ひつじょう》、さよう心得よ」

磐音が宣告した。

小久保らは茫然《ぼうぜん》自失していた。

「ただ今のそなたらが務めは、吉村作太郎どのをお医師のもとに担ぎ込むことじゃ。急げ！」

磐音の叱咤《しった》に小久保らが剣を納めて、気を失った吉村の巨体を抱え上げた。

小久保らが去り、おいてけ堀の出島に三人だけが残された。

「大塚どの、お香奈どの、いつの日か父御や妹御に晴れて会う日が巡りくることを祈っておりますぞ」

磐音はその場に二人を残すと、六間堀の長屋への道を辿《たど》り始めた。

第二章　白鶴の身請け

一

東叡山寛永寺《とうえいざんかんえいじ》の東、下谷車坂町《したやくるまざか》から一本東へ、大川に向かって道が真っすぐに伸びていた。道の両側には寺が雲集し、通りの名は新寺町通りと呼ばれた。

寛永《かんえい》十九年（一六四二）に浅草三十三間堂が建立されたが、元禄《げんろく》十一年（一六九八）の勅額《ちよくがく》火事で類焼し、深川富岡八幡宮《とみおかはちまんぐう》隣へと移転した。

この堂跡地に、下谷山崎町や下谷坂本町などで焼け出された寺院が移り、新寺町が形成され、堂前とも呼ばれた。

堂前の西の一角に、今津屋の菩提寺《ぼだいじ》臨済宗円満山広徳寺があった。

広徳寺は京都大徳寺の末寺で、初めは相模《さがみ》国にあったと伝えられる。

開基は天正《てんしよう》十年（一五八二）に没した武蔵岩槻《むさしいわつき》城主太田源五郎（北条氏政次男）で、源五郎は広徳院殿という。

文禄《ぶんろく》二年（一五九三）に神田に寺領一万坪を拝領して江戸に移り、寛永十二年（一六三五）に同地が御用地になり、さらに下谷に移った。

品川東海寺、渋谷祥雲寺とともに、大徳寺派の江戸三名刹《めいさつ》と称されていた。塔頭《たつちゆう》も徳雲院、宋雲院、桂徳院など十院一庵を数える大寺であった。

広徳寺の表門は名工左甚五郎《ひだりじんごろう》の手によって水と犀《さい》が彫られ、七度まで火事の災難を免れるという言い伝えがあった。また広徳寺の総門は、寸足らずの門として知られ、輪王寺宮《りんのうじのみや》はこの門を建てた大工が寸法を一尺間違えたのを悩んで死んだと聞き、高さ一尺を減らして建てたのは風圧を寸足らずの門で減じて類焼から免れる知恵が隠されていたのだと、その死を惜しんだという。

だが、里の人はこの寺を、

「恐れ入谷《いりや》の鬼子母神《きしもじん》、びっくり下谷《したや》の広徳寺《こうとくじ》」

などと呼んで親しんだ。

坂崎磐音は今津屋の墓石を丁寧に水洗いすると、用意してきた線香を墓前に手《た》向《む》けた。

線香の煙が真っすぐ青空に向かって立ち昇っていく。風はなく今日も暑くなりそうな日和《ひより》だった。

刻限は朝五つ（午前八時）、陽《ひ》はすでに三竿《さんかん》にあった。

（お艶どの、昨日は失礼をいたしました）

合掌すると墓前に詫びた。

磐音は、お艶が亡くなった年の盂蘭盆会《うらぼんえ》の魂迎《たまむか》えに、今津屋の菩提寺広徳寺におこんと幸吉と連れ立って吉右衛門の代役で来たことがあり、所在も今津屋の墓所も承知していたのだ。

おいてけ堀から金兵衛長屋に戻った磐音は一刻《いっとき》半（三時間）ほど仮眠をとったあと、宮戸川に立ち寄り、鉄五郎親方に今朝まで鰻割《うなぎさ》きの仕事を休ませてほしいと願って大川を吾妻橋で渡り、下谷に辿りついたのだ。

（お艶どのにはもはやお断りする要もございますまい。今津屋どのの後添いに入られるお佐紀どのの後顧の憂いをなくすことも、後見のそれがしの務めと考えましたゆえ、お節介をいたしました。お許しくだされ）

磐音は背後に人の気配を感じた。

「やはり坂崎様でしたか」

声の主は今津屋吉右衛門であった。

磐音が振り返ると、閼伽桶《あかおけ》を提げた吉右衛門と菊の花を胸に抱えたお佐紀が並んで立っていた。

「今津屋どの、昨日はお艶どのの大事な法会を欠礼し、真《まこと》に申し訳ございません。よんどころなき用にて失礼いたしましたゆえ、今朝、こちらでお艶どのにお詫びを申し上げているところにございました」

頷いた吉右衛門が、

「私どもも一緒にお艶の墓参りをさせてくだされ」

と磐音に願い、お佐紀が磐音になにか言いたげな様子で会釈をした。

お佐紀が持参した菊を墓前に飾り、吉右衛門が線香に火をつけて、磐音が手向けたかたわらに差した。

吉右衛門のかたわらに並ぶことを遠慮するようにお佐紀が身を引いた。

「お佐紀どの、今津屋どのの傍にてお参りくだされ。それがしはすでにお艶どのと話をいたしました」

と磐音が二人の後ろに下がった。

お佐紀はそれでも吉右衛門の斜め後ろに己の場所をとった。

三人は改めてお艶の墓前に頭《こうべ》を垂れて、三人それぞれの立場と考えで亡き人と対話した。

「お佐紀さん、坂崎様、有難うございました」

と吉右衛門が短い言葉に万感の想いを籠《こ》めて礼を述べた。

二人は黙って答礼した。

「庫裏《くり》に参られますか」

と磐音が訊いた。

「昨日、住持にはたっぷりと時間を取らせました。本日の墓参りはお佐紀さんをうちの墓に案内《あない》するのが眼目でしてな」

と吉右衛門が答え、

「坂崎様、また手を煩《わずら》わせましたな」

と磐音に言いかけた。

「手を煩わせたとは、またどういうことにございますか」

磐音の答えに吉右衛門が、

「坂崎様がお艶の三回忌の法要に姿を見せられぬということは、よくせきのことです。老分さんが竹蔵親分を問い詰めたようですが、親分は御用でしてと答えるばかりで、事情は明かされなかった。だが、法事が済み、坂崎様の欠席が何度か斎会《さいえ》の場で口にされた後、お佐紀さんが私に坂崎様に願い事をしたことを打ち明けられたのです」

と事情を明かし、お佐紀が、

「お許しください。坂崎様は、私が考える以上に今津屋様にとって大事なお方ということに思い至りませんでした。ついつい姉のことをお願い申し、坂崎様の心を煩わせてしまいました。まことに申し訳ございませんでした」

と深々と腰を折って頭を下げた。

「お佐紀どの、頭をお上げくだされ。それでは話もできかねます」

と何度か言い、ようやくお佐紀が顔を上げたが、その双眸《め》は潤んでいた。

「坂崎様、大塚左門様とお香奈様にお会いになりましたか」

「地蔵の親分だけに事情を告げて、調べてもらいました。親分はすぐさま猿江村の小右衛門宅を訪ねて、お二人が小田原藩時代の朋輩との間で差し迫った諍《いさか》いに巻き込まれていることを探り出してきました。その探索の結果を知らされ、お艶どのには申し訳ないことなれど、こちらの解決こそ急務かと存じまして動きました。それゆえ、それがし、大塚どの、お香奈どのにお目にかかり、ただ今陥っている危難を聞きましてございます」

「坂崎様、このとおりです」

今度は吉右衛門が頭を下げた。

「今津屋どの、これこそ後見の仕事にございます」

「坂崎様、姉は元気に暮らしておりましたか。危難とはどのようなことにございますか」

お佐紀は知りたい、訊きたいと思っていたことを口にした。

三人は墓所から本堂の前へと来ていた。

「やはり庫裏に参り、座敷をお借りしましょうかな」

と吉右衛門が言った。

「今津屋どの、本日は舟で参られましたか、駕籠にございますか」

「駕籠でな、参りましたが」

と磐音の問いに不思議そうな顔をした。

「お佐紀どの、それがしが事情を述べるよりも、お香奈どのと直《じか》にお話しになりませんか。お二人は血の繋《つな》がった姉と妹。そのほうがいかばかりか心が通いましょうし、安心もなされましょう」

「それがよい」

と吉右衛門が即座に答え、

「私も同席してようございますかな」

と訊いた。

「今津屋どの、大塚どのもお香奈どのも、お佐紀どのと今津屋どのが祝言を挙げられることを存じておられました。小田原藩の家臣から聞かされていたのです」

はっ
という表情でお佐紀が見た。

「お佐紀どのがお察しのとおり、二人に纏わりついていたのは吉村作太郎らにございました。ですが、そちらのご懸念はもはやございませぬ」

とまず磐音は、お佐紀の危惧を取り除くように言った。

その言葉に吉右衛門が即座に反応した。

「この足で深川猿江村に参りませんか、お佐紀さん」

「吉右衛門様まで煩わせてよいものでしょうか」

「そなたの姉ならば吉右衛門にとっても義姉《あね》、なんぞ困っていることあれば手助けの一つもできましょう」

亭主になるべき人物の言葉にお佐紀が、

「吉右衛門様」

と感涙に咽《むせ》んだ。

「ならば駕籠で吾妻橋際まで参り、そこから舟を雇って深川へ参りましょうか」

と磐音が提案し、吉右衛門が頷いた。

広徳寺の山門前に駕籠伊勢の参吉らが待っていた。供は小僧の宮松だ。

「あれっ、後見が旦那様とご一緒だぞ」

「宮松どの、昨日の三回忌に出られなかったゆえ、お寺様に墓参に来たところ、今津屋どのとお佐紀どのにばったりとお会いしたのだ」

「なんだ、そんなことか」

「米沢町に戻りますかえ」

参吉が訊いた。

「いや、吾妻橋まで駕籠で行き、われら三人はちと用があって大川を渡ることになった」

と磐音が言い、吉右衛門とお佐紀が駕籠に乗り込んだ。

磐音は宮松と一緒に新寺町通りを吾妻橋へと向かった。

「宮松どの、老分どのに言伝《ことづて》を頼みたい。猿江村まで急用が生じて出向くことになった。それがしがお二人の供をするで安心なされよとな。店への戻りは昼の刻限になろう」

「そう老分さんに伝えればいいんですね」

「それでよい」

一行は人の往来の多い新寺町通りから浅草寺《せんそうじ》前の広小路を通り、吾妻橋際の船着場に着けた。

大川に架《か》かる永代橋、新大橋、両国橋、千住大橋とならんで江戸の五大橋の一つだが、二年前の安永《あんえい》三年（一七七四）に架けられたばかりの一番新しい橋だ。長さ八十四間、幅三間半、行桁《ゆきげた》二十三間、橋杭《くい》八十四本の橋の西詰に船着場があって猪牙《ちょき》舟が客を待っていた。

吉右衛門とお佐紀はここで駕籠を降り、磐音が供をして川を渡ることになった。

「気をつけて帰られよ」

参吉らが、へえっ、と畏まり、空駕籠に宮松が従って御蔵前通りを南へと下っていった。

磐音は老練な船頭の猪牙舟を雇い、二人を胴中に乗せた。初老の船頭が、

「お内儀さん、船底にさ、日傘があらあ。ちょいと古びてはいるが陽射しは避けられようぜ」

と言いながら舫《もや》い綱を外し、猪牙舟を流れに乗せた。

お佐紀が日傘を差して光を避けた。

「船頭どの、深川南十間川に入ってくれぬか。竪川と南十間川が交わる清水橋を南に下った猿江村だ」

「猿江の御材木蔵の東側だね」

「いかにもさよう」

船頭は櫓《ろ》に持ち替えて大川を下り始めた。

磐音は舳先《へさき》近くに座っていたが、猪牙舟の真ん中に並ぶように座す二人に近付き、昨夜《ゆうべ》の経緯《いきさつ》を告げた。

お佐紀が思わぬ急展開に言葉を失っていた。

「なんと譜代《ふだい》大名大久保様の御近習が、まるでやくざ紛いの所業をいたしておりましたか。その者たちがまた大塚様とお香奈様に迷惑をかけるということはございませぬか」

吉右衛門の驚きはそっちのほうだった。

「当分は怪我の治療に専念せねばなりますまい。それに無断にございますが、速水左近様のお名を出して脅《おど》しつけておきました。まず、もはやそのような気力はございますまい」

「坂崎様、近頃はなかなか抜け目のないことでございますな」

と吉右衛門が笑った。

「剣槍《けんそう》の争いを避けるためなら、かような手を使うことも厭《いと》いませぬ。速水左近様には、お会いしたときお詫びいたします」

「速水様ならば気にもなさるまい」

話を聞いた衝撃からようやく立ち直ったお佐紀が、

「坂崎様のご助勢があったとはいえ、あの大塚様と姉が吉村作太郎様方に立ち向かう勇気を見せましたか」

「それが、これからのお二人の暮らしになによりのことと存じました」

「当面の不安がないとなれば、お佐紀さんも米沢町に住まいすること、私どもがなんとか立ちゆくようにいたしましょうか」

天下の今津屋が後見するとあれば、大塚左門とお香奈が暮らしていけるくらいの途《みち》はいくらでもあった。

「吉右衛門様、有難いお話ですが、父はそのことを許しますまい。吉右衛門様や儀左衛門様に恥をかかせたと今も思うておりますゆえ」

「お佐紀さん、右七さんは小田原にお戻りになるお方です。心苦しくはございましょうがな、嘘《うそ》も方便と申します。それに右七さんも、心の片隅ではお香奈様の幸せを念じておられるに違いございませんよ。それが親心というものです」

猪牙舟はいつの間にか大川を下り、竪川に入って、二ッ目之橋から三ッ目之橋に差しかかろうとしていた。

お佐紀は姉の江戸での暮らしを思いながらも、初めて見る本所深川の風景に水上から目を預けていた。

横川と交差する新辻橋を潜ると両岸は急に鄙《ひな》びてきた。さらに四ッ目之橋を過ぎ、猪牙舟は南十間川へと曲がった。

「お佐紀どの、もう近うございます」

と磐音はお佐紀に教えると船頭に、

「船頭どの、しばし待ってくれぬか。この後、両国西広小路の船着場まで戻るゆえな」

と頼んだ。

「お侍、どうもそうじゃないかと思ったが、そちらのお方は今津屋の大旦那様だね」

と吉右衛門の身分を察した船頭が言った。

「お察しのとおりにござる」

「お待ち申しておりますよ」

「あの先の土手に着けてもらいたい」

「あいよ」

と猪牙舟の舳先が土手に近付き、板一枚の船着場の杭に磐音が舫い綱を括りつけた。

猿江村の小右衛門方の納屋から、大塚左門とお香奈の姿は消えていた。

そのことを磐音は危惧してお佐紀を誘ったのだが、二人はおいてけ堀の騒ぎの後、納屋に戻り、新たな行動を決意したようだ。

納屋はがらんとして人影はない。

「しばしお待ちを」

磐音は母屋へと走っていった。

お香奈の身を案じた吉右衛門とお佐紀も従った。するとその途中、小右衛門とばったり会った。

「やはりお見えになりましたな」

「大塚左門どのらはどうなされた」

「今朝方、突然旅仕度でうちに見えられましてな、急なことで申し訳ないが江戸を出ることになったと申されて、これまで溜まっていた店賃を清算していかれました」

「なんということ」

と呟いたのはお佐紀だ。

小右衛門が、

「そなた様はお香奈様の妹御、お佐紀様ですね」

と訊いた。

「はい、妹の佐紀にございます」

「姉様からの文を預かっております。こちらへ」

と小右衛門がお佐紀を母屋に誘った。

お香奈はこのことを予測していたようだ。

吉右衛門と磐音は間を置いて母屋に歩いていった。

「坂崎様、お佐紀さんを猿江村に誘われたのは、このことを案じられたからでございますね」

「いかにもさようでございます。ひと目でも対面していただこうと思いましたが、浅慮にございました」

「大塚左門様とお香奈様には、お二人の意地がございましょう。自ら対面を避けられたのです、致し方ございませんよ」

と吉右衛門が言った。

二人は母屋の庭の端で足を止めた。

視線の先で、小右衛門から文を受け取ったお佐紀が急ぎ披《ひら》き、読み始める姿があった。巻紙が慌ただしくお佐紀のかたわらに垂れて、お佐紀の肩が震え出し、

「なんという道を選ばれましたか」

という言葉とともに慟哭《どうこく》の声が聞こえてきた。

男たちはただなす術《すべ》もなく、陽射しの下、その様子を見詰めて呆然と立っていた。

二

お佐紀ら一行がお艶の法事を終えて小田原へと発った翌日、磐音は久しぶりに宮戸川の鰻割きの仕事を終えると、神保小路《じんぼうこうじ》の佐々木《ささき》玲圓《れいえん》道場に回り、住み込み師範の本多《ほんだ》鐘四郎《かねしろう》や、今や佐々木道場の名物になった二羽の軍鶏《しゃも》、痩《や》せ軍鶏こと松平辰平《まつだいらたつぺい》とでぶ軍鶏こと重富利次郎《しげとみとしじろう》らと稽古《けいこ》に汗を流して清々しい気持ちになった。

稽古を終えた門弟たちは井戸端に集まり、盥《たらい》に冷やした瓜を切り、皆一緒に競い合うようにかぶりついて、

「冷えた瓜は美味しいぞ」

「稽古の後だ、たまらぬな」

と言い合いながら、食べた。

「坂崎、そなた、久しぶりじゃが、なんぞ忙しかったか」

稽古はしたものの話す機会のなかった鐘四郎が磐音に訊いた。その口の端には瓜の種がこびりついていた。

「師範、口に瓜の種がついておりますぞ」

磐音の注意に盥の水で顔を洗った鐘四郎が、

「こちらは独り身。坂崎と違うて、顔に瓜の種をつけて歩こうと女は見向きもせぬわ」

　と苦笑いした。

「師範、今津屋どののお内儀の三回忌でこちらに顔を出せなかっただけのこと、師範と同じく艶聞《えんぶん》はございません」

「なんだ、法事で駆け回っておったか」

　鐘四郎が答えるところに、若い弟子に案内されて一人の絵師が井戸端に来て、汗臭い男ばかりが群れる姿に凝然と足を止めた。

　磐音が振り向くと浮世絵師の北尾重政《きたおしげまさ》だ。

　紅翠斎《こうすいさい》あるいは花藍《からん》の別号を持つ北尾重政は、美人画、黄表紙の挿絵、秘画艶本と画業の幅は広く、当代を代表する絵師だ。だが、錦絵が少ないために、活躍のわりには評価が低い絵師でもあった。

　だが、白鶴《はっかく》太夫の吉原入りを描いた『雪模様日本堤白鶴乗込《のりこみ》』は巷間《こうかん》の話題を呼び、白鶴太夫の高貴な姿とともに高い評価を受けていた。

普段は若い女を相手の絵師だけに、むくつけき男ばかりの集団にはびっくりした様子だ。

「北尾どの、よくこちらが分かりましたね」

門弟の中から磐音が出ていくと、北尾の顔がほっと安堵《あんど》したように和《やわ》らいだ。

「今津屋に立ち寄ったら、小僧さんが今日は佐々木道場のはずだと教えてくれました」

と応える北尾に、

「北尾どのはいつも女衆相手に絵筆をふるっておられる。武骨な集まりは苦手ですか」

と笑いかけた磐音は鐘四郎らに、

「有名な絵師北尾重政どのです」

と紹介した。

「なにっ、北尾重政絵師じゃと。それがし、国許《くにもと》への土産《みやげ》に北尾絵師の美人画を求めたことがござる」

と興味津々の顔をしたのは信州松代《まつしろ》藩の家臣、番頭《ばんがしら》の岸辺《きしべ》俊左衛門《としざえもん》だ。

「ご贔屓《ひいき》いただき有難うございます」

と応える北尾に磐音が、

「御用のようですね。すぐに仕度をします」

と言い残して控え部屋へと駆け戻った。

北尾がわざわざ佐々木道場まで訪ねてくる以上、用事がなければならない。それも白鶴太夫に関したことだと直感した。

着替えを終えた磐音が佐々木道場の玄関先に立つと、北尾重政が佐々木玲圓の居宅との境、竹塀に絡み付いて咲く朝顔を画帳に写生していた。

着流しに菅笠の軽装だが、写生道具はいつも懐に入れていた。

二人は肩を並べて神保小路から柳原土手《やなぎわらどて》へと向かいながら、磐音は気になることを訊いた。

「白鶴太夫になんぞありましたか」

御免色里吉原を代表する太夫に昇りつめた白鶴太夫は、磐音の元許婚《いいなずけ》の小林奈《こばやしな》緒《お》だ。

江戸から帰藩したばかりの坂崎磐音と奈緒の間を引き裂いたのは、豊後《ぶんご》関前《せきまえ》藩の財政改革に絡む藩騒動だ。

この騒動、「宍戸《ししど》文六《ぶんろく》騒乱」には何人もの家臣の血が流れ、磐音の友、河出《かわで》慎之輔と小林琴平の、藩政改革の同志二人も死んだ。

慎之輔の妻舞と奈緒は琴平の妹で、奈緒は磐音の許婚であった。

江戸から帰藩した数日後には磐音と奈緒の祝言が控えていた。だが、非情にも藩を二分した内紛が若い男女の仲を引き裂き、すべてを無に帰してしまったのだ。

小林家は廃絶の憂き目に遭《あ》い、奈緒は病気になった父親の治療費を捻出《ねんしゅつ》するために自らの身を遊里に投じていた。

時が流れ、奈緒は白鶴太夫と変じて吉原の売れっ子太夫に変身していた。

磐音は懊悩《おうのう》と葛藤《かっとう》の末に白鶴太夫を陰から見守る覚悟をつけた。

そんな白鶴太夫を幾度か危難が襲った。

磐音はその度に正体を隠して、白鶴太夫を見舞った難儀を取り除いていた。

これまでの騒ぎのすべてを北尾重政は承知していた。

「悪い話ばかりじゃありませんよ」

曖昧な言葉に磐音が北尾を見た。

「白鶴太夫が落籍《らくせき》されるという噂《うわさ》が廓《くるわ》内に流れてましてね、白鶴太夫もまんざらではないらしい」

「それは目出度《めでた》い話ですね」

磐音の胸は騒いだが、すぐに平静に立ち戻った。

「相手はどなたですか」

「出羽《でわ》国山形藩内の紅花商人《べにばなあきんど》、前田屋《まえだや》内蔵助《くらのすけ》という方と聞いております」

「紅花商人、ですか」

聞きなれない言葉に磐音は北尾に問い返した。

「紅花の紅は、染料、口紅、薬、さらには絞って油にもするそうで、なかなか高価な値で取引されるものです。最上《もがみ》には紅花大尽と呼ばれる大商人がおられるそうで、出羽の財政を左右する力をお持ちです」

「前田屋内蔵助と申される方もお大尽ですか」

「どの程度の紅花商人か、正直分かりかねます。ですが、白鶴太夫を落籍するには何千両もの大金が要《い》ります。その資力をお持ちとなれば、それなりの分限者《ぶげんしゃ》にございましょう」

「白鶴太夫もこの落籍を喜んでおられるのですね」

「ただ今の太夫ならば、千両万両を積まれても嫌といえる立場にございます。前田屋内蔵助様と心を通わせたゆえ、このような噂が吉原に流れたのだと思います」

った。

「北尾どの、他に懸念がござるのか」

北尾重政が磬音を訪ねてきた以上、喜ばしい話だけではないようだと磬音は思った。

北尾はしばらく黙り込み、前方を見据えて歩いていた。

二人は古着の露天商が軒を連ねる柳原土手に下ってきていた。

「坂崎さん、お聞きしたい。もはや白鶴太夫がどなたと一緒になられてもよいのですね」

「北尾どの、白鶴太夫が小林奈緒どのと呼ばれた時代ははるか遠い昔にございます」

「未来永劫、未練の糸を断ち切れないのが男と女です」

女を描いて女心を熟知した浮世絵師が磬音の言葉に反論した。

「だが、この世には天が決めた宿命《さだめ》と思うて別々の道を歩む男と女もいる。小林奈緒どのは白鶴太夫という別の女性《にょしょう》に生まれ変わったのです」

「あなたはどうなのですか」

「それがしは白鶴太夫を陰から見守ると決めた者です。白鶴太夫が前田屋内蔵助どのと惚《ほ》れ合い、所帯を持つために吉原を出るというのなら、これほど喜ばしいことはない」

「坂崎さんはそう答えるだろうと思っていましたよ」

「この話、真実《まこと》と考えてよいのですね」

「吉原で落籍する相手の名が挙がったときは、話がほぼ決まったと思ってよい」

磐音は自ら納得させるように頷いた。

「坂崎さん、白鶴太夫は今や吉原一の売れっ子です。馴染《なじ》みの客も、江戸の大商人から十八大通《じゅうはちだいつう》のような遊び人、大身《たいしん》旗本、大名家の留守居役と数多い。前田屋内蔵助に落籍されて山形に連れて行かれるなら、白鶴太夫を殺しても阻止するという者がいるという噂が流れております」

「それを伝えにおいでになったのですね」

北尾重政が頷いた。

「噂の真相はいかがです。どこから噂が流れたか分かりませんか」

「丁子屋《ちょうじや》でもそれが分からぬので、困っているようです。番頭が暗い顔をするほど深刻な話であることには間違いない。刃傷沙汰《にんじょうざた》になどならなければいいがと心配しておりました」

白鶴太夫を抱える丁子屋にしても、何千両もの値で落籍が決まった遊女に怪我をさせた、死なせたでは、吉原の総籬《そうまがき》の面目《めんぼく》が保てなかった。

磐音はようやく、北尾重政がわざわざ佐々木道場まで磐音を訪ねてきた理由を悟った。

「坂崎さん、あなたが白鶴太夫のために働く最後の仕事、いや、思いやりかもしれません。伝えましたよ」

「北尾どの、礼を申します」

二人は浅草御門の前に来ていた。

「丁子屋では近々白鶴太夫の落籍話を正式に披露《ひろう》するようです」

「分かりました」

北尾重政は会釈をすると浅草御門へと歩み去っていった。

磐音は思案しながら今津屋の店先に立った。

「おや、後見、本日は佐々木道場の帰りですか」

帳合方《ちょうあいかた》の和吉《わきち》が声をかけてきた。

「いかにもさようです、和吉どの」

磐音は帳場格子を見た。だが、いつも帳場格子から睨みを利かせている老分の由蔵の姿はなかった。

「老分さんは旦那様のところです」

「ならば台所で待たせていただこうか」

磐音は店の三和土廊下から台所に行った。昼餉前で、すでに広い台所に箱膳《はこぜん》が並べられていた。

「あら、遅かったわねえ」

おこんの声がして、

「ちょうどいいわ。奥へ通って」

と言った。

「なにか御用かな」

「行けば分かるわ」

おこんが案内に立ち、奥へと通った。

庭では赤い花を咲かせた百日紅《ひゃくじつこう》が強い陽射しを受けていた。水無月《みなづき》から葉月《はづき》にかけて百日余りの長きにわたり花を咲かせるので、百日紅と名付けられたとか。

「旦那様、老分さん、坂崎さんが噂どおりにお見えになりました」

おこんが磐音の到来を廊下から告げた。

「お邪魔ではございませぬか」

「坂崎様、あなたの知恵を借りたいと思うて、先ほども旦那様と話していたところです」

由蔵が磐音を迎えた。

「坂崎様、こたびのお艶の法事ではお世話になりましたな。お礼を申しますぞ」

と吉右衛門が礼を言った。

「大事な法事の席に顔を出さずに申し訳ないことでした」

「その理由《わけ》は、ここにおるたれもがもはや承知のことです」

磐音は吉右衛門だけかと思っていたからびっくりした。

「お佐紀様が小田原に発たれる前の晩、老分さんと私に事情を話していかれたの」

「そうでしたか」

と答える磐音におこんが、

「江戸におられれば、妹のお佐紀様ともお会いできましたものを。自ら苦労の旅に発たれることもありますまいに」

と呟くように言った。

「今頃、どこをどう旅されておられることやら」

由蔵も二人の身を案じた。

「私の考えでは、お二人は遠からず江戸に戻ってこられるような気がします」

吉右衛門が言い、おこんは、

「それならよろしいのですが」

と応じると、

「昼餉の仕度をしてきます」

と台所に立っていった。

「こちらの御用というのはなんでございますか」

「おおっ、それです」

と由蔵が姿勢を改めた。

「仲人ですよ。たれにお願いしたものか、旦那様と私の考えが違いましてな、坂崎様のご意見を聞こうと思うておったところです」

「で、お二人のお考えはいかがです」

「坂崎様、私は再婚です。お佐紀さんは初めての祝言ですが、花嫁というには少々歳がいっております。そこでお佐紀さんと話し合いましてな、仲人なしで内々に披露しようということになりました。その考えを述べますと、老分さんが、仮にも両替屋行司今津屋の主《あるじ》がお内儀を娶《めと》るのに仲人なしでは外聞が悪いと言い張るのです」

「坂崎様、そうではございませんか。口幅ったいことながら、今津屋は江戸の商いを左右し、その上、幕府の財政さえも支えております。その大店《おおだな》の主が祝言を挙げるのです、たれに遠慮が要りましょう。然《しか》るべき人を立て、華燭《かしょく》の典を挙げるのは当然と申し上げたのです」

ふーむ

と磐音は思わず呻《うめ》いた。

「どうです、後見のご意見は」

吉右衛門が訊いた。

「私の考えが正しゅうございましょう」

と由蔵が迫った。

磐音は、吉右衛門が仲人なしで祝言を挙げると言い出したことには真意があるのではないかと考えた。

吉右衛門が江戸の両替商筆頭の両替屋行司に就いたのは、前の両替屋行司で江戸の金融界を長年にわたり恣《ほしいまま》にしてきた阿波屋有楽斎《あわやゆうらくさい》との対立の後のことだ。

阿波屋一派は南鐐《なんりよう》二朱銀の発行に反対し、賭場《とば》などで安く集めて正規の相場で取引し、その差額で大儲《おおもう》けしようとしていた。

一方、強引な政策と知りながらも田沼意次《おきつぐ》の意図を尊重し、幕府の命を順守して南鐐二朱銀の発行と流通を推進したのが今津屋吉右衛門であり、越後屋佐左衛門《えちごやさざえもん》、備前屋作五郎《びぜんやさくごろう》ら西両国組の両替商だ。

少数派の西両国組がこの政争に勝ちを収め、今津屋吉右衛門が新しく江戸金融界の主導者の地位に就いたのだ。

吉右衛門とお佐紀の仲人を取り仕切る身分の町人を探すとなると、なかなか難しい。たとえ越後屋佐左衛門を仲人に立てたところで、備前屋から、

「なぜ越後屋さんに」

という不満が聞かれるのは目に見えていた。

吉右衛門としては再婚を理由に、それを避けたかったのではないか。

一方、由蔵には吉右衛門とお佐紀の祝言を利して、なんとしても今津屋の地位を確固たるものにしておきたいという願いがあった。

それほど阿波屋有楽斎派の力は隠然として、長年にわたり両替商の大半を支配してきたのだ。有楽斎亡き後も、

「今津屋に与《くみ》せず」

という両替商はいた。

この祝言を機に両替商筆頭の立場を明確にする、それが由蔵の眼目ではないか。

磐音は二人の考えをこのように推量した。

二人の目が磐音を注視していた。

「未熟者の誹《そし》りを恐れず申し上げます」

「たれが坂崎様を未熟者などと申しましょうか。忌憚《きたん》なくお考えを披瀝《ひれき》してくだされ。なにより私どもは互いを信頼した間柄ではございませぬか」

と吉右衛門が催促した。

「重ねてのお言葉ゆえ申し上げます。やはり今津屋どのとお佐紀どののご婚礼、慣例に則《のっと》り、お仲人を立てられるのがよろしかろうと思います」

磐音の発言に吉右衛門が溜息をつき、由蔵の顔が綻《ほころ》んだ。

「それがし、お佐紀どののお立場をかように考えます。小田原から江戸に輿入れされるのですから、知り合いとてございませぬ。翻《ひるがえ》って今津屋の商いはすでに江戸有数にございます。その内儀になられる祝言に仲人なしでは気楽ではございましょうが、お立場を考えるとき、きちんと江戸にお披露目《ひろめ》をという望みも心の中でお持ちではございますまいか。亡くなられたお艶どのへの対抗心など努々《ゆめゆめ》ございますまいが、それが女心かと存じます。また第二に、今津屋どののただ今のお立場もございます。お艶どのの三回忌を無事に済まされたのです。世間にはっきりと後添いを迎え、今津屋の跡継ぎをもうけるのだという意思表示を明確になされることも、この際、大事なことかと考えます」

吉右衛門は黙って磐音の言葉を聞いていた。

由蔵は大きく頷いていた。

「ですが、老分どの、ここに厄介な難題がございます。江戸の商いの世界を見渡して、今津屋吉右衛門どのとお佐紀どのの祝言を取り仕切る仲人役がおられましょうか」

由蔵が溜息をつき、

「それです、私の頭を悩ますのは」

と言った。

「町人は見当たらずとも、身分の枠を超えれば今津屋どのの仲人を務められるに相応《ふさわ》しき人物はいくらもおられましょう」

「ほう、身分を超えてとはどなたですかな」

と由蔵が期待を籠めて磐音を見た。

磐音の頭の中に一人の人物が浮かんでいた。

「家治様御側御用取次《おそばごようとりつぎ》速水左近様にございます」

「上様の御側衆とは恐れ多いことです」

吉右衛門が言下に言った。

「今津屋どの、先の日光社参では多大な貢献をなさいました。速水左近様はそのことを重々承知なさっておられます。ゆえに、先に御城で催された猿楽《さるがく》にも今津屋どのをお招きになられました。一方、お佐紀どのの実家は小田原の脇本陣の主として、小田原を通過される参勤交代の大名諸家の世話をなさってきた家系です。武家方との付き合いも多うございます。天下の今津屋の主の祝言の仲人、よもや速水左近様もお断りなさるまいとそれがしは存じます」

由蔵が、

ぽーん

と膝を打った。

「坂崎様、速水左近様には迷惑ではないでしょうか」

吉右衛門が重ねて抵抗した。

「それがし、佐々木道場の弟弟子にござれば、内々にご相談申し上げることはできようかと思います」

吉右衛門が由蔵の顔を見た。由蔵が即座に、

「坂崎様、ここは一つ後見のお力を示してくだされ」

と願った。

三

涼しげな夏小袖《なつこそで》に仙台平《せんだいひら》の袴、羽織を着た坂崎磐音は、まず神保小路の佐々木玲圓道場に戻った。真新しい衣服は、事情を知ったおこんが用意していてくれたものだ。

「大事なお使いよ。失礼のないように務めてね」

とおよその事情を聞かされたおこんが磐音の衣服を改め、髷も、自ら差していた櫛で直してくれた。

気分も一新した磐音は緊張気味に道場の門を潜ると、いきなり住み込み師範の本多鐘四郎と玄関先で顔を合わせた。

鐘四郎は稽古着姿《けいこぎ》だ。

「師範、精が出ますな」

「先ほど帰ったばかりなのにどうした。また、その格好《なり》は……」

と途中で言葉を呑み込んだ。

数刻前に別れたばかりの磐音と衣服が一変していたからだ。

「師範、先生はおられましょうか」

「奥におられる。なんぞ火急の御用のようじゃな、お伺いして参る」

と気さくにも師範自ら奥へ玲圓の承諾を取りに行った。すぐに戻ってきた鐘四郎が、

「内玄関へ回れ。先生が待っておられる」

と取り次いでくれた。

庭から玲圓の居宅に回った磐音を玲圓の内儀おえいが、

「坂崎、たれぞのお使者ですか」

と迎えた。

「お休みのところ失礼いたします」

「こちらへ」

おえいに導かれて奥座敷に通ると、玲圓は刀の手入れをしていた様子で道具を片付けていた。

「お寛《くつろ》ぎのところまことに申し訳ございません。先生のお知恵を拝借いたしたく参上つかまつりました」

「なにやら大変なことが出来《しゅったい》したようだな。申せ」

姿勢を正した磐音は事の次第を申し述べた。

「なにっ、今津屋吉右衛門どのの仲人を速水様に務めてもらえぬかと今津屋では考えたか」

「それがしが言い出したことにございます」

と玲圓には、吉右衛門と由蔵の意見の相違から速水に願おうとした磐音の考えのあらましを正直に説明した。

「相分かった」

と玲圓は即座に答えると言い足した。

「ただ今の今津屋の仲人を取り仕切る商人は、江戸には見当たるまいな」

「いかにもさように思います。ですが、先生、今津屋どのは古式に則《のっと》り祝言は挙げたいものの、華美な祝いの場にしたくはないと、何度もそれがしに申されました。ご招待の方も数を抑え、内々の祝言を考えておられるようです」

玲圓が腕組みしてしばし考えた。

「先生、それがしの考えは間違っておりますでしょうか。忌憚なきところをお聞かせください。もし不都合とあらば、このまま今津屋に引き返します」

「おえい、仕度を」

これが玲圓の答えだった。

玲圓は磐音に同道して速水左近の屋敷を訪ねると言っていたのだ。

「ただ今仕度をいたします」

同座して二人の会話の一部始終を黙って聞いていたおえいが、心得顔に玲圓の着替えの仕度を始めた。

半刻《はんとき》(一時間)後、佐々木玲圓と坂崎磐音は、旗本速水左近の表猿楽町の拝領屋敷の門前に立ち、門番に訪《おとな》いを告げていた。

当然のことながら佐々木玲圓の顔と名は速水家では承知されていた。

即座に門番から玄関番の若侍に意が伝えられ、奥へと取り次がれた。

将軍家治の御側御用取次の速水左近の屋敷には、その日も何組もの訪問者が門の内外にお駕籠を止め、従者たちが主の用事が済むのを待っていた。

磐音は、佐々木玲圓に同道してもらって本当によかったと思っていた。

磐音一人で速水邸を訪れたとしたら、門前払いでも致し方ないところだ。

武家社会では何事も約束を取り付けた上に訪問するのが慣わしだった。そのために用人やお遣い番を武家屋敷は何人も抱えていた。

「先生、待たされることになりそうです。申し訳ございません」

「速水様は家治様の信頼厚き幕臣じゃからな、いろいろと相談事が持ちかけられよう」

と玲圓が答えたとき、式台に速水家の用人鈴木《すずき》平内《へいない》が立ち、

「やはり玲圓先生にございましたか。こちらにお通りくだされ」

と門に立つ二人に向かって叫び、手招きした。

二人は玄関番の若侍に案内されて式台まで石畳を進んだ。

「鈴木どの、約束もなく申し訳ないことにござる。速水様にお目にかかりたいが、ご多忙かのう」

鈴木はそれには答えず、若侍に命じた。

「猪俣《いのまた》、内玄関へ」

玲圓と磐音は内玄関から招じ上げられ、鈴木自ら奥へと導いた。

二人が通されたのは速水が日常を過ごす書院だった。そこには万巻の書が積まれ、その中には剣術の奥義《おうぎ》を書き記したものもあった。

「主はただ今面談中でござれば、それが済むまで暫時《ざんじ》お待ちくだされ」

「お手数をかける」

玲圓と磐音は、森閑とした枯山水の庭を眺めながら待つことになった。

奥向きの御女中が茶菓を運んできて、再び速水邸の奥座敷は静かな気配を取り戻した。

二人は四半刻《しはんとき》（三十分）ほど待ったか。

廊下に足音がして、速水左近が姿を見せた。

「玲圓どのと坂崎どのが一緒とは、江戸を騒がす大事《だいじ》が出来しましたかな」

速水の顔に懸念があった。

「いや、本日の用向き、ちと普段とは違うてな」

と玲圓は答え、姿勢を正したがすぐには用件を述べなかった。どう切り出すか、考えを纏めている風情があった。

速水の視線が磐音を見た。

「玲圓どのの御用ではなく、そなたがたれぞに使いを頼まれたようじゃな」

家治の側近として幕閣で腕を振るう速水は敏感に事態を察したようだ。

「速水様、いかにもさようでございます」

「ならば玲圓どのを煩わせずそなたが述べよ」

「佐々木道場の兄弟弟子の誼《よしみ》をもって、厚かましくも内々にご相談に伺おうと考えたはそれがしの一存にございます。ですが、それがし一人では頼りなく、玲圓先生に無理を願いました」

「玲圓どのの態度といい、坂崎どのの口ぶりといい、えらく思わせぶりじゃな。そなたが申すとおり、それがしと玲圓どのは剣を通しての友、そなたとは兄弟弟子、遠慮のう申されよ」

磐音は玲圓を見た。玲圓が頷き、

「速水様、それがしが申しましょう。後の詳しい説明は坂崎にさせまする」

と前置きして、

「本日は速水様に月下氷人《げっかひょうじん》を頼みに参りました」

「坂崎どのの祝言かな」

「いや、今津屋吉右衛門どのの祝言にござる」

「おおっ、それはまた」

とちょっと驚きの表情を見せた速水に、磐音は縷々《るる》説明した。

速水は磐音の説明を一々頷きながら聞き終えた。

「速水様、それがし、門前を潜るまでは、今津屋吉右衛門どのの媒酌人を務められるお方は速水様以外にないとひたすら思い込んで参りました。ですが、門前の賑わいを見て、速水様は幕閣の要人として多忙な身ということを改めて思い知らされました。大変ご無理な頼みを持ち込んだ上に、佐々木先生まで煩わしたそれがしの愚かにも軽率な行動を反省しております」

と頭を下げた。

「坂崎どの、そなたらしき発案じゃな。話を聞いてよう分かった。いかにも、ただ今の今津屋吉右衛門の仲人を務める町人を探すのはちと無理な話かもしれぬ。日光社参に際して幕府を助け、成功裡《り》に導いた豪腕の商人など、他を探しても見当たらぬからな。じゃが、坂崎どの、幕藩体制は武家を頂点とした厳しき身分制度の社会である」

速水の最後の言葉はずしりと響いた。

「いかにもさよう心得てございます」

磐音の背を冷や汗がすうっと流れた。

（大変な間違いを犯してしまった）

今津屋吉右衛門にも佐々木玲圓にも多大な迷惑をかけることになるのではないか。

磐音は速水の顔を正視すると、腹に力を溜めて吐き出した。

「速水様、それがし、僭越《せんえつ》にも愚かなことをしでかしました」

「間違いを犯したというか」

「はあっ」

磐音は面を伏せた。

「坂崎どの、そなたの遣いの由、聞いた」

「はっ、いかようなお叱りも、一身にお受けします。ですが、この一件、今津屋に発案したはそれがしなれば、今津屋には責任がございませぬ」

うーむ
と速水が頷き、

「ただ今、それがしの返答をそなたに申し聞かす」

凜然《りんぜん》たる速水の語調に磐音は諾否を覚り、その場に平伏した。

「速水左近、謹んで今津屋吉右衛門と小田原脇本陣小清水屋右七の娘お佐紀との月下氷人のお役を務めさせてもらおう」

「な、なんと仰《おお》せられましたか」

磬音が顔を上げると、速水左近と佐々木玲圓の和やかに笑みを浮かべた顔があった。

「それがし、聞き間違いにはございませぬか」

「坂崎どの、考えてもみよ。幕府は今津屋にどれほどの借りがあるかをな。使いのそなたにも気苦労をかけておる。今津屋の仲人、この速水左近でよいというのなら喜んで引き受けよう」

「まことにもって有難き幸せにございます」

磬音は再び師匠と兄弟子の前に平伏した。

「頭を上げよ、磬音」

玲圓の言葉にようやく面を上げた磬音は、

「速水様のご内諾を得られた上は、今後の細かき諸々は然るべき身分の方を立て、話が進められましょう」

「坂崎どの、今津屋も祝言は内々と申しておるというではないか。間にいろいろと人を入れるは却《かえ》って煩雑である。よいか、そなたが今後もそれがしと今津屋との間の使いを果たせ」

「それがしで用が務まりましょうか」

「本日、無事に務めたではないか」

「はあ、米搗《こめつ》きばったの如《ごと》く頭を上げ下げして、冷や汗をかいていただけにございます」

磐音の正直な返答に速水左近と佐々木玲圓が爆笑した。

磐音が佐々木玲圓を神保小路に送り、米沢町の今津屋に戻ってきたとき、店先に人だかりができて、野次馬の向こうから大声が聞こえてきた。

「われら、世直しのためにこれより伊勢に参り、京を経て諸国行脚《あんぎや》の旅に出る安永世直し隊である！　先ほどから申しておるとおり、夜は山谷に伏し、昼は神社仏閣を巡る善根を積む修行に参る面々である。出立《しゆつたつ》に先立ち、伊勢神宮をはじめ、諸国の神社仏閣に納めるお札料を願うておる。だが、われらは強請《ゆす》り集《たか》りではない。この有難き経文を記したお札の納め料を無心しておるのだ。分からぬか、番頭」

磐音は野次馬の背後から爪先立ちになって店を覗いた。すると店の土間に、経文をびっしりと書いた白衣を纏った修験者と思しき六、七人が金剛杖《こんごうづえ》を突いて仁王立ちになり、頭分《かしら》らしき人物が上がりかまちに半身をかけて由蔵と対面していた。

「そなた様方はどちらの修験者と申されましたかな」

「番頭、先ほどから幾度繰り返させる気か。われら、信濃《しなの》国飯縄《いいづな》山飯縄《いづな》権現の修験者。われは北条氏の末裔《まつえい》北条左玄坊《さげんぼう》、およびその一統である」

「経文を書いたお札はおいくらと申されましたな」

「金子では売り買いできぬ有難き経文である。それを格別に、両替屋行司今津屋に分けようというわれらが思し召しじゃ。そなたらも値段は付けられまいが、今津屋の体面もある、お札納め料として一金百両を預かろう」

「高うございますな」

「なにっ、高いと申すか。われら酷暑の街道に寝泊まりし、酷寒の原野に震えて旅をしながら、神社仏閣に今津屋に代わって商売繁盛を祈願しようという申し出である。高いとはどういうことか」

「北条左玄坊様、私どもは商人にございます。うちにはこの暑さの最中、天秤《てんびん》を担いで裏長屋を回り、商いをして回る棒手振りの方も両替に参ります。暑さ、寒さを厭わないのは修験道の方々だけではございませぬ。棒手振りの方々は汗水たらして、何百文が一日の売り上げにございます。それに比べてお札一枚が百両は法外と申し上げました」

「おのれ、申したな。もはや、頼まぬ」

「どうか、他所《よそ》をお当たりください」

「余計なお世話かな。このままでは済ませぬ。われらが修行の飯縄山には名物の、剣《つるぎ》の舞なる荒行がある。それをひと舞い今津屋に奉献して立ち去る、覚悟せよ！」

「そのような気遣いは無用にございますぞ」

由蔵の声が慌てた。

そのとき、磐音の羽織を引っ張った者がいた。

振り向くとおそめだった。どこかお使いから戻った様子で、おそめも人込みの中から騒ぎを見守っていたようだ。

「坂崎様」

「心配いたすな」

そう答えた磐音はおこんに着せられた羽織を脱ぎ、この日、差していた備前包《かね》

平《ひら》二尺七寸（八十二センチ）も腰から抜くと、

「しばし預かってくれぬか」

とおそめに渡した。

腰には無銘の脇差一尺七寸三分（五十三センチ）を差した姿で、

「相すまぬ。ちと中に入れてくれぬか」

「なんだえ、後から来て前で見物しようというのか。これからが見せ場だぜ」

「そうではない。それがし、今津屋に関わりの者だ」

「なんだって。おおっ、おまえさんは今津屋の後見だね。いつおまえさんが現れるか、待ってたんだぜ」

と両国西広小路で露店を出す卵売りが道を空けてくれたばかりか、

「おいっ、千両役者の登場だ。花道を空けてくんな！」

と大声で叫んで、なんとなく野次馬が左右に開いた。

磐音は、

「待ってました、今津屋の用心棒！」

「馬鹿野郎、用心棒じゃねえ、後見だ！」

の声に送られて店の広土間に入った。

由蔵が、ほっとした顔をして、

「後見、ちと登場が遅うございましたね。大星由良助《おおぼしゆらのすけ》はまだかと、塩冶判官《えんやはんがん》が思い悩む心境が分かりましたよ」

と迎えた。

飯縄権現の修験者北条左玄坊が、

「そのほう、何者だ。われらがただ今面談しておる、後に控えておれ！」

と磐音に怒鳴った。

「それがし、今津屋の後見でござってな」

「後見だと」

「無理難題を持ち込まれるそなた方のような輩《やから》をお断りするのが御用にござる」

「おのれ、ぬかしたな！　それ、飯縄山名物剣の舞をひと舞い踊れ、踊れ！」

と仲間に下知《げち》すると、仲間たちが金剛杖に仕込んだ直剣を抜き放ち、

「えいえいおうっ！」

と六本の直剣を今津屋の高い天井に突き上げ、六つの切っ先が虚空で合わされると、
かちゃりかちゃり

と切っ先が鳴り、白刃が煌《きらめ》いて、今しも六人が散開して剣の舞が始まろうとした。

いくら広い今津屋の店先とはいえ、六人もの修験者が抜き身を振り回しての嫌がらせだ。怪我人が出ないとも限らなかった。

「およしなされ」

と言いながら腰を屈《かが》めた磐音の長身が、六本の剣の下に滑り込んだ。

「そやつを血祭りに上げてひと暴れじゃ!」

と左玄坊が命じ、六本の剣が磐音に向かって斬り下ろされようとした。

だが、一瞬早く磐音の手が脇差にかかり、刃渡り一尺七寸三分が引き抜かれ、修験者たちの腰帯を次々と一瞬のうちに切り放った。すると白の裁《た》っ付《つ》け袴がずり落ちて、野次馬から、

わあっ

という歓声が上がった。

「おい、汚え褌《ふんどし》が見えたぞ!」

という叫びまで上がった。

「お、おのれ!」

振り下ろそうとした剣の切っ先が鈍った。それでも中の一人は磐音の肩口を強襲しようとした。
磐音の脇差が再び振るわれ、その者の下帯の紐まで切り落とした。下半身が丸裸になった修験者が、
ああっ！
と叫んだときには、磐音は、
するり
と輪の外に出ていた。
脇差が左玄坊に突きつけられ、
「お引き取りいただけぬか」
と言い放っていた。
顔を紅潮させた北条左玄坊が、
「覚えておれ。この恥辱、必ず果たす！」
と叫ぶと野次馬を強引に掻き分けて表に飛び出た。袴を引きずった仲間が続き、今津屋の店先に、
わあっ

という叫びと笑い声が起こった。

四

磬音は修験者北条左玄坊一味を追い払い、由蔵に招じられるままに奥へと通った。むろん速水左近の屋敷に行った用向きの首尾を伝えるためで、主の吉右衛門、由蔵、そして、おこんがすぐさま顔を揃えた。

「店が騒がしかったようですが」

吉右衛門が今津屋の店を仕切る由蔵に訊いた。

「このご時世にございます。あの手この手と銭稼ぎの方策を考えて押しかけて参ります。幸いにも坂崎様が戻って来られましたので、難なく追い払われました」

いつもなら騒ぎの一部始終を語るはずの由蔵もあっさりと報告を終え、吉右衛門も頷いた。

おこんが磬音を催促するように見た。

「今津屋どの、使いの首尾、ご報告申し上げます。それがし、まず佐々木玲圓先生に相談申し上げましたところ、そのような目出度き話なればそれがしも同道しようと仰ってくださいました」

「なんと、玲圓先生まで煩わしましたか」

「速水邸に到着いたしたとき、門前には何組もの客の供が待っておられました。それがし一人なれば門前払いも致し方なきところであったかと、玲圓先生を煩わしたことに感謝いたしました。速水様は早速われらを書院にお招きくださり、話を聞かれた後、しばし瞑目《めいもく》され、幕藩体制は武家を頂点とした厳しき身分制度に縛られておると申されました」

三人の口から、

（やはり……）

という思いが籠められた息が吐かれた。

武から商へと時代が移っているというものの、武家は四民の頂点、まして速水左近は家治の側近中の側近である。身分違い、僭越であると言われれば、今津屋とて文句のつけようもない。

座に重い雰囲気が漂った。

「なれど今津屋には先の日光社参といい、恩義がある。もし、速水左近でよいというのであれば、今津屋吉右衛門と小清水屋右七の娘お佐紀との月下氷人のお役を務めさせてもらおうとのご返答にございました」

おおっ
という喜びの声を由蔵が洩らした。

「速水様がお受けくだされましたか」

吉右衛門が感慨を籠めて呟いた。

「坂崎さん、速水様は他になにかおっしゃられたの」

おこんが訊いた。

「今後、速水左近と今津屋の打ち合わせの使いはそれがしでよい、然るべき人物を立てる要はないと、今津屋どのの内々の祝言という意向を汲んでそうも申されました」

三人が頷き、しばし沈黙が座敷を支配した。

「つらつら考えますに、速水様のよろしき折りに、老分どのにそれがしが同道し、正式にご挨拶するのがよろしかろうと思いますが、いかがにございますか」

「いや、坂崎様、それでは済みませぬぞ。この吉右衛門自らお礼とお願いかたがたお屋敷に参りたいと存じます。幕政に追われるご多忙な速水様の日程をまず第一に、祝言の日取りなどを相談いたしとうございます」

「旦那様、それがよろしいかと存じます」

　と由蔵が即座に答え、

「その後、祝言の日までの段取りなどは、速水様のご用人と坂崎様と私とで打ち合わせし、遺漏《いろう》なきよう努めます」

　と付け足した。

「旦那様、お佐紀様にこの一件をお知らせせねばなりません」

　おこんがそのことを案じた。

「法事から戻られたところにいきなり仲人が決まり、祝言の日取りなどを知らせると、お佐紀さんも驚かれることでしょうな」

「いえ、お佐紀様はいつ何時でもと覚悟をつけておいでです。却って旦那様のその知らせをいつかいつかと待っておられます」

「女心とはそういうものかな、おこん」

　おこんが頷いた。

「旦那様、忙しくなりますな」

　由蔵が破顔した。

「今日は内々でお祝いをいたしましょうか」

とおこんが言い出し、磬音が、

「まことに申し訳ないことながら、本日、今一つ御用を務めねばなりません。それがし、着替えしのち、失礼いたします。今津屋どのの速水邸訪問が決まりましたら、金兵衛長屋までお知らせくだされ」

「どうしたの」

おこんが訝《いぶか》しい顔をした。

「内々の頼まれごとじゃ、おこんさん」

「怪しいわねえ」

おこんが言い募ったが、由蔵が、

「おこんさん、坂崎様のお人柄を頼ってあちらこちらから頼まれごともございましょう。うちばかりで独り占めしているわけにはいきますまいよ」

とおこんを宥《なだ》めた。

「着替えます」

だれにともなく磬音が呟いて立ち上がると、おこんが手伝いのために従った。

廊下に出た二人は、磬音の普段着が置かれた階段下の小部屋へ向かおうとした。

するとおこんが磬音の袖《そで》を摑《つか》み、

「どこへ行くの。それも言えないの」

と訊いた。

「おこんさん、吉原じゃ」

磐音はおこんだけには真実を話そうと、そのことを告げた。おこんが息を呑み、訊いた。

「奈緒様の身になにか起こったの」

「身請《みう》け話が起こり、それに異を唱える無粋者がおるとかおらぬとか。絵師の北尾重政どのが知らせてくれた」

「身請け話って、奈緒様も喜んでいらっしゃるの」

「白鶴太夫も承知なされたそうじゃ。相手は山形領内の紅花商人とか」

「山形の紅花商人」

と遠くの地を脳裏に思い描いたふうのおこんが繰り返した。そして、はっと気付いたように、

「吉原に行くのよ。この服のほうがいいわ」

と命ずると、磐音の手を握った。

奈緒は磐音の許婚だった女だ。

「おこんさん、それがしを信じられよ」

おこんは黙って磐音の手を握り返した。


磐音は再び陽射しの中、御蔵前通りをせっせと北を目指して歩いていた。

通りの両脇に軒を連ねる札差《ふださし》たちの店先も、暑さのせいかなんとなく気だるい感じが漂っていた。

吉原の大門を潜ったとき、宵見世の始まりを告げる清掻《すががき》が気だるく遊客の心をくすぐって響いてきた。

磐音が訪ねるのはむろん白鶴太夫を抱える総籬丁子屋ではない。大門を潜ったすぐの右手にある吉原会所だ。またの名を四郎兵衛《しろべえ》会所と呼ばれる番屋は、吉原二万七百余坪の自治と安全を守るために機能していた。

むろん御免色里の吉原は町奉行所の監督下にあり、大門の左手には隠密廻《おんみつまわ》りの与力同心が詰める面番所があった。だが、それは名ばかりで、遊女三千人を頂点に特異な世界を形作る吉原の自治と警護の実際は吉原会所が取り仕切っていた。

磐音が会所の戸口に立ち、訪いを告げると、若い衆が磐音の顔を見て、

「坂崎様、お久しぶりにございます」

と笑いかけた。

「仁吉《にきち》どの、無沙汰《ぶさた》をしておる」

「四郎兵衛様が、時に坂崎様はどうしておられるかと寂しがっておられますぜ」

「欠礼ばかりで、相すまぬ」

仁吉が奥へ磐音の到来を告げに行った。四間に五間ほどの土間の真ん中に大黒柱のような大柱が立っていた。廓内で刃傷沙汰など騒ぎを起こした人間を繋いでおく柱だ。

高塀と鉄漿溝《おはぐろどぶ》に囲まれた吉原のただ一つの出入口が、面番所と吉原会所が門の左右を警護する大門だ。太夫が花魁《おいらん》道中を繰り広げる仲之町から五丁町の表の貌《かお》の他に、その裏手には妓楼や遊女を支える米屋、油屋、質屋、豆腐屋、八百屋、魚屋、仕出し屋から湯屋が営業し、さらには左官、大工と職人衆までもが顔を揃える特異な、閉ざされた社会を形成していた。

その町の顔役が四郎兵衛だ。

「お頭取《かしら》がお待ちですよ」

仁吉が土間でひっそりと待つ磐音に言った。

「お邪魔いたす」

磐音は包平を腰から抜くと仁吉に従って奥に通った。

四郎兵衛は、風が吹き抜け、釣り忍が揺れる縁側で煙草をくゆらしていた。小さな、だが、手入れの行き届いた庭に清掻が伝わり流れていた。

「四郎兵衛どの、ご無沙汰申しております」

磐音は廊下に座すと吉原の顔役に挨拶した。

「そろそろおいでになる頃と思うていました。白鶴太夫の落籍のことですな」

深い皺《しわ》が額に刻まれた顔に笑みを浮かべて言った。

「四郎兵衛どの、お察しのとおりにございます」

「坂崎様にとって吉原は遊女三千人が競い合い、艶《えん》を売る里ではない。ただ一人の女性《にょしょう》が住む里だ」

四郎兵衛は白鶴太夫が元豊後関前藩の武家の娘小林奈緒であることも、磐音の許婚であったことも承知していた。

「白鶴太夫に目出度き話が持ち上がっていると聞きました」

「お相手は出羽山形領内の紅花商人、前田屋内蔵助様にございますよ」

「白鶴太夫も、内蔵助どのに落籍されることを喜んでおられるのでしょうね」

「坂崎様、これまで多くの客が白鶴太夫を手折《たお》って吉原から落籍させようという話がございました。だが、どの話にも首を縦に振ることはなかった太夫が、こたびの話には頷かれたそうな。人の心の中を言い当てるのは難しゅうございます。なんとも申せませぬ。ですが、白鶴太夫はお受けいたしますと返事をなされたという。前田屋内蔵助様を憎からず思うておられることは間違いないところでしょう」

「どのような人物ですか」

「気になりますか、坂崎様」

磐音は返答に窮した。

笑った四郎兵衛が、

「ちょいとお付き合い願えますか」

と磐音を誘った。

磐音は黙って四郎兵衛に従った。

会所の奥の廊下を進むと行き止まりになった。だが、四郎兵衛が、

とーん

と壁の端を拳《こぶし》で叩くと、壁がくるりと回って開いた。

四郎兵衛がさらに廊下を奥へと進むと、華やいだ雰囲気に変わった。どうやら

吉原会所は引手茶屋《ひきてぢやや》の一軒に繋がっているようだ。大廊下の向こうに仲之町の賑わいがちらりと見えた。

四郎兵衛は磐音を二階へと案内した。鬼簾《おにすだれ》がかかり、提灯《ちょうちん》が飾られた格子窓の下には、吉原の背骨ともいえる仲之町が見えて、大勢の男たちがぞろぞろと張見世《はりみせ》の遊女たちを冷やかすために歩いていた。

上客は吉原内外の引手茶屋に上がり、そこから馴染みの妓楼へと案内されていく。張見世の女郎を冷やかして歩くのは小見世の客だった。

この安永期、吉原には惣籬と呼ばれる大見世から、半籬《はんまがき》の中《ちゅう》見世、惣半籬《そうはんまがき》の小《こ》見世、さらには切見世《きりみせ》と呼ばれる安直な遊び所まで二百七十余軒の妓楼が集まり、遊女三千人が妍《けん》を競い合っていた。だが、この遊女三千人というのは言葉の綾《あや》、実際は五千人とも七千人とも数えられる女郎たちがいた。

その頂点に立つのが、

「太夫」

と呼ばれる数少ない遊女だ。太夫は美貌《びぼう》と客あしらいは言うに及ばず、高い見識と教養、さらには歌舞音曲に通じ、華道香道など文芸百般に通暁する者のみが昇り詰める遊女の頂点であった。

そんな太夫の中でも、わずか二年半という短い歳月に頂点に昇り詰めた遊女がいた。白鶴太夫だ。この白鶴の出世譚《たん》は、

白鶴は　鯉《こい》をうしろに　滝登り

と川柳に詠《よ》まれたそうな。

二人は仲之町を見下ろす窓際に座した。

「お頭取、お呼びで」

という声がして、丁子屋の主、宇右衛門《うえもん》が座敷に入ってきて、

「おおっ、坂崎様」

と懐かしい声を上げた。

「無沙汰をしております」

宇右衛門もまた磐音が何者か承知する人物だ。

「白鶴太夫のことでお見えですな」

四郎兵衛と同じ問いを発した宇右衛門は、

「全盛を極める白鶴を落籍させたくはない。それが抱え主の私の正直な気持ちです。なんとしても引き止めたかった」

と正直な気持ちを吐露《とろ》した。だが、その言葉にはもう決断した者の潔さが漂っ

ていた。

「だがな、坂崎様、白鶴の気持ちと内蔵助様の心情を聞かされた私は、全盛のままに白鶴を吉原の外に出すのも妓楼の主の務めかと、腹を括りました」

「その言葉を聞いてそれがし、安堵いたしました」

孝、悌、忠、信、礼、義、廉、耻の八つの道徳をすべて非情に徹して忘れるゆえに忘八《ぼうはち》と呼ばれるのが妓楼の主だ。

その一人の宇右衛門にこうまで言わせた前田屋内蔵助の人柄を察することができたからだ。もはや内蔵助がどのような人物か細かく知る要はない。

「もう一つ、懸念がございます」

「承知でしたか」

と宇右衛門が四郎兵衛を見た。

「私が話したのではない。丁子屋さん、坂崎様はわれらが考える以上に人脈を持っておられる」

「いかにもそうでしたな」

と答えた宇右衛門が、

「白鶴が私ども夫婦にこの落籍話を相談した二日後のことです。白鶴の座敷に、なんぞ生き物の血と思えるものを墨代わりにして、白鶴、落籍を許さぬ、生きて吉原を出さぬ、と大きな文字が殴り書きされておりました。それをきっかけにいろいろと陰湿な嫌がらせが丁子屋の内外で繰り返されております。白鶴太夫にも書状が届きました。それを読んだ白鶴は真っ青な顔をしておりましたが、私にもその文を読ませようとはせず、火にくべて燃やしてしまいました」

と言った。

「ただ、今までのところどなたにも危害はございませぬな」

「ありません。しかし、いつ何が起こっても不思議ではない」

「宇右衛門さん、丁子屋にいろいろと細工するには、楼の者が一枚嚙《か》んではおらぬか」

四郎兵衛が磬音に代わって訊いた。

「そのことです、お頭取。お客だけではどうにもならぬ悪戯《いたずら》もございました。ひょっとしたら楼の者が加わっているのではないかと、私も疑っております」

宇右衛門は苦渋に顔を歪《ゆが》めた。

「坂崎様、吉原というところは女郎を主に立てた里にございます。女郎同士の妬《ねた》みがないとはいえません」

「どなたか心当たりがございますので」

「はっきりしてはおりません。だが、その者だけの知恵とは思えません。なぜならば、白鶴が落籍されれば残された遊女は売れっ子、看板になります。殺すなどと脅迫するには、絶対に楼の外の者が一枚加わっております。その者が首謀者です」

　と宇右衛門が言い切った。

「十八大通の金翠意休《きんすいいきゅう》が白鶴太夫に嫌がらせをしたことがございましたな」

　通人を気取る札差大口屋《おおぐちや》暁雨《ぎょうう》に率いられた者たちの中で金翠意休こと大口屋八兵衛が白鶴に岡惚れをした。だが、白鶴は金翠意休を袖にして、髭の意休こと江《え》戸《ど》弾左衛門《だんざえもん》、またの名を浅草《あさくさ》弾左衛門の紅葉船《もみじぶね》に同乗して吉原の廓の外に遊びに出たことがあった。

　それを四兼流《しけんりゅう》の道場主赤間《あかま》覚之助《かくのすけ》と一緒に襲い、狼藉《ろうぜき》をはたらこうとした。それを阻止したのは磐音だ。

「十八大通の方々は今も吉原で威勢を誇ってお遊びでございます。それゆえ疑ってもみましたが、どうもこたびのこと、十八大通の大口屋八兵衛様方の行いとも思えぬのです。十八大通なれば正面きって悪戯を仕掛けてこられますゆえな」

宇右衛門が首を傾げた。

四郎兵衛も、

「私もちとやり口が違うように思える」

と賛意を示した。

「白鶴太夫が吉原を出られるのはいつのことですか」

「八月朔日《さくじつ》、白袷《しろあわせ》の日に吉原を出ることに決まっております」

白鶴太夫は吉原に白無垢《しろむく》の小袖、打掛けで乗込んで評判を呼んでいた。遊里から去るときも紋日《もんび》、それも白袷を遊女たちが着る日を選んだようだ。

「あとひと月余りか」

「落籍と決まったからには、なんとしても生きて、いや、無傷で吉原の大門を潜らせとうございます」

と宇右衛門が言った。

そのとき、金棒が、
ちゃりん
と鳴り、仲之町に花魁道中が姿を見せた。

白の長柄傘の縁《へり》に白鶴が飛翔する姿が見えた。

（奈緒）

と思わず磐音は胸の中で呟いていた。

磐音の耳に、

「坂崎様、なんとしても白鶴を無事に吉原から出してやってください」

という宇右衛門の言葉が届いた。

磐音は段々と近付いてくる白鶴太夫の顔に奈緒の面影を見つけようとした。だが、そこには磐音の知らぬ別の女が、遊女三千人の頂に立つ貫禄の太夫がいた。

磐音は仲之町の花魁道中から宇右衛門に視線を戻した。

「丁子屋どの、この一命に替えても白鶴太夫を出羽国山形へと送り出してみせます」

磐音の声が引手茶屋の二階座敷に決然と響いた。

第三章　禿殺し

一

引手茶屋の二階座敷で丁子屋の宇右衛門と別れ、四郎兵衛とともに磐音は会所に戻った。

「最上の紅花商人はなかなかの分限者でしてな、紅花ばかりか縮《ちぢみ》の材料となる青苧《あおそ》、蠟《ろう》、絹糸などを一緒に扱うそうな。これらの商いで蓄財した金子を高利で貸して儲《もう》け、紅花大尽と呼ばれる大商人《おおあきんど》になった者が何十人とおります。私がものの本で知る紅花大尽の第一は、尾花沢《おばなざわ》の清風《せいふう》こと鈴木《すずき》八右衛門《やえもん》様でしょうな。芭蕉翁《ばしょうおう》は『おくのほそ道』のなかでこう記しております。『かれは富《とめ》るものなれども、志いやしからず、都にも折々かよひてさすがに旅の情をも知りたれば、日比《ひごろ》とどめて長途のいたはりさまざまにもてなし侍る』となｏ 清風は俳人でもありましたから、芭蕉を手厚くもてなしたのかもしれません。ともあれ、紅花大尽の一端を江戸に紹介してくれたのは芭蕉です」

と四郎兵衛は元の縁側に座すと磐音に言った。さすがに流行の発信基地の吉原の顔役だ、諸藩の政治から商い事情にまで通暁していた。

縁側には蚊遣りが焚かれ、仲之町の賑わいが風に乗って伝わってきた。

白鶴落籍と脅迫に関して、四郎兵衛は自分なりに情報を得ていた。だが、まず磐音を白鶴の抱え主の丁子屋宇右衛門に会わせ、白鶴の近況と陥った危難をその口から告げ知らせたのだ。

「江戸も時代が下るにつれて紅花の需要は増してきましてな、値も高く取引されるようになりまして、紅花商人の商いは一段と大きくなり、江戸にもその隠然たる力が知られるようになりました。さて、山形城下の前田屋ですが、元を辿れば伊勢松坂からの最上への移住者です。というのも、最上の紅花は京で大半が加工されます。そこで大石田《おおいしだ》まで羽州街道を荷駄《にだ》で運び、そこから舟運で酒田へ、酒田湊《みなと》から海運に乗せ替えて敦賀《つるが》湊に送り、大津から京へ届けるのです。この荷運びに伊勢松坂の前田家が関わり、紅花との縁ができた。その後、前田家では京の紅花問屋を押さえるとともに紅花の産地の山形にも一族を移住させて、産地と加工地の両方を押さえたということです……」

仁吉が四郎兵衛と磐音に茶を運んできて、静かに立ち去った。

「山形藩は元々最上氏が領有していた五十七万石の外様《とざま》大藩でしてな、徳川家とも親密な関係にありました。だが、三代義俊様の御代に家臣間の対立から藩政乱れ、元和《げんな》八年（一六二二）に改易の憂き目を見ています。徳川家では東国の押さえ、軍事上の意味から徳川家の信頼厚い鳥居忠政様を送り込んで立藩させました。以来、鳥居、保科《ほしな》、松平（結城《ゆうき》）、松平（奥平）、譜代の奥平、堀田、松平（大給《おぎゅう》）と目まぐるしく変わり、三年余り幕領だった後、明和《めいわ》四年（一七六七）より秋元涼朝《すけとも》様が藩主の地位に就かれ、ただ今二代の永朝《つねとも》様の治世下に移っております。初代の涼朝様は老中を務められたほどの才の持ち主、ただ今の永朝様も奏者番《そうじゃばん》を務めておられます」

四郎兵衛は一転、山形藩の藩主に触れて、再び前田屋に話題を戻した。

「前田屋は寛永期に保科家のもとで商いを広げ、力を蓄えたようです。それが堀田様の享保期に一旦没落して、商いは疲弊し、奉公人もちりぢりになったそうです。それを立て直されたのが前田屋内蔵助様でございましてな、当代藩主の永朝様になって、内蔵助様は秋元家に深く取り入り、急速に家運を盛り返された凄腕《すごうで》の商人にございますよ。だが、商人の腕ばかりか、絵も描《か》けば和歌も詠む才の持ち主、そのへんに白鶴太夫が心を許した理由があるかもしれませぬ」

「内蔵助どのは白鶴を妾《めかけ》として落籍なさるのですか」

「気になりますか」

四郎兵衛が磐音を見た。

「それだけの商人なれば、当然内儀もおありになれば子もおられましょう」

磐音はそれだけに白鶴が見知らぬ土地で苦労するのではと考えた。

「坂崎様、内蔵助様は家業立て直しに邁進《まいしん》なされて今まで所帯を持たれたことはないそうな。番頭をはじめ、奉公人は、うちの旦那様は女子《おなご》に関心がないのではと頭を悩ましていたと申します。それが江戸に出てこられて、御用筋の接待で吉原の大門を初めて潜《くぐ》られた。妓楼は丁子屋、太夫は白鶴というわけで、内蔵助様は白鶴の美形と人柄に一気に惹《ひ》かれたようです。その純情を白鶴太夫も見抜かれたのでございましょう」

「歳はいくつです」

「三十八、九と聞いております」

磐音が想像していたよりもずっと若かった。

「話を聞けば聞くほどよいお話かと存じます」

「それだけに、なんとしても無事に山形へ輿入れしてほしい」

四郎兵衛の言葉に磐音は何度も頷いた。

「坂崎様、悪戯《いたずら》かただの脅しか、それとも厄介なものか会所も調べます。坂崎様が動かれるのはそれからでも遅くはございますまい」

四郎兵衛は磐音に待機せよと命じていた。なにしろ吉原という特殊な世界での出来事だ。事情に通じぬ磐音が動きようもないのも確かだ。

「四郎兵衛どの方の手を煩わせて申し訳ござらぬ」

「なんの、これが私どもの仕事にございますよ」

四郎兵衛は最初からその心積もりか鷹揚にも承知した。

「お願い申す」

磐音は吉原の顔役に頭を下げて立ち上がった。

会所を出ると、夕涼みを兼ねた冷やかし連がぞろぞろと繋がって大門から仲之町へと入ってこようとしていた。

磐音は人込みを避けるように五十間道を日本堤へと上がりながら、ふと蔦屋《つたや》の店を覗いていこうかと考えた。

白鶴が吉原に入った日の光景は絵師北尾重政が『雪模様日本堤白鶴乗込』に見事に描写してみせた。まだ実績もない北尾にこの浮世絵を描かせ、出版した版元が、異色にも五十間道に店を構える蔦屋重三郎《じゅうざぶろう》であった。

二人が組んだ『雪模様日本堤白鶴乗込』は売れに売れて、蔦屋重三郎の版元としての信用になった。

磬音が間口一間余の小さな店の前に立つと、『吉原細見《さいけん》』が並べられた奥から重三郎が所在なげに五十間道を往来する男たちを見ていた。

「おや、坂崎様、お久しぶりですな」

「無沙汰をしております」

「坂崎様が吉原に遊びに行くはずもない。白鶴の一件で会所を訪ねられましたか」

「いかにもさようです」

「ついでにうちの絵師を訪ねてこられましたか」

「なんとのうお店を覗いてみました」

「絵師はこの先、衣紋《えもん》坂の途中にある蕎麦《そば》屋桂木庵で飲んでますよ。訪ねてご覧なさい。喜びますぜ」

「そういたします」

磐音は重三郎に礼を言うと、再び駕籠や徒歩《かち》で大門に向かう人々の流れに逆らいながら衣紋坂へと上がった。

蕎麦屋桂木庵は、見返り柳が風に靡《なび》く辻にあった。

暖簾を分けると昼見世の遊び帰りの客らしき連中が蕎麦を手繰《たぐ》ったり、酒を飲んだりしていた。

「坂崎さん、こっちです」

と声がして見ると、小上がりに北尾重政がいて、若い娘と酒を酌み交わしていた。なかなかの美形である。

「お邪魔ではございませぬか」

磐音は困った顔をして立ち竦んだ。

「なあに、さっきから小屋に戻りたがるお楊《よう》を引き止めるのに苦労していたところです。お楊の代わりにお付き合いくださぃ」

という北尾の言葉に、

「先生、このお侍、だあれ」

とお楊が磐音の顔を見ながら訊いた。

「お楊、おまえが手を出そうたって駄目だ。このお方には、太夫といわれるお方と今小町と呼ばれる美人が二人もついておられる」

「そう、そんな遊び人には見えないけど」

お楊はそう言うと小上がりから下りて、磐音に、

「どうぞ、わたしの席に」

と言った。

「邪魔をして相すまぬ」

「聖天町《しょうでん》の先生に口説《くど》かれていたの。少々うんざりしていたところだから救いの神よ」

と嫣然《えんぜん》と微笑んだお楊は、

「わたし、浅草奥山の見世物小屋の手妻《てづま》遣い。今度、遊びに来て。手妻一座花畑段五郎《ばたけだんごろう》一座といえばすぐに分かるから」

と言うと、

「聖天町の先生、わたし、やっぱり諸肌ぬいで先生の絵筆の餌食《えじき》になるのはよすわ」

と北尾の願いを断り、またね、と言いながら表に出ていった。

「仕事の邪魔をしたようですね」

「女を口説くのは根気と辛抱が肝心です。一度や二度断られたからといって諦めていちゃあ、浮世絵師はお手上げですよ」

北尾が嘯《うそぶ》いた。

「おい、盃《さかずき》と熱燗《あつかん》をくれ」

店の奥に叫んだ北尾は、

「暑いときは熱燗に限ります」

と磐音に言った。

「会所の四郎兵衛どのと丁子屋の宇右衛門どのにお目にかかってきました」

「白鶴太夫には会われなかったので」

「花魁道中を見せてもらいました」

「どうです」

「威風あたりを払う貫禄にございました。もはやそれがしが知る奈緒どのとは別人です」

「坂崎さん、女の外面と内心は別物ですよ。二年や三年の歳月で坂崎さんを忘れるものですか」

「北尾どの、焚きつけても無駄じゃ。われら二人は別の世に生きて交わることはない」

小女《こおんな》が新しい酒と盃を運んできた。

北尾は磐音に盃を持たせると熱燗の酒を注《つ》ぎ、自分の酒器にも満たした。

二人は盃を上げて黙って酒を飲んだ。

北尾は一気に飲み干し、磐音は半分ほど残していた。

「前田屋内蔵助がどんな人物かお聞きになりましたね」

「お二方から聞きました。なかなかの商人らしい。その上、文芸にも明るい人柄のようです」

「潰れかかった紅花問屋を一代で盛り返したのです。遣《や》り手ですよ」

「万金を投じて吉原の太夫を落籍なさろうという人物です。妾になさるのかと考えておりました」

「女嫌いを通して商い一筋で生きてきた男が、初めて恋をした相手が天下の白鶴太夫です。前田屋内蔵助という男、女を見る目を持っておりますよ。丁子屋の宇右衛門旦那に落籍話を頼み込んだとき、丁子屋の花を落籍《ひか》せようというのです、言い値を払いますと、きっぱりと言ったそうな」

　磐音は黙って聞いていた。

「松の位の頂点を極め、今を盛りと咲く花を己の女房にしようという話です。吉原雀《すずめ》の話では、千両箱がいくつも丁子屋の金蔵に仕舞い込まれましょうな」

　北尾が酒を再び注ごうとした。

　磐音は残った酒を飲み干した。

　新たな酒が、飲み干された盃に注がれた。

「坂崎さん、女の値打ちを小判で測るのは嫌ですか。だが、この吉原の物差しは山吹色の小判だけです。これまで太夫と呼ばれた遊女は何人もおりましたが、言い値で落籍された太夫は白鶴が初めてです。これは太夫の勲《いさおし》だ。こんなこと、そうそうあるもんじゃない」

「前田屋内蔵助どのは果報者です」

「そうですとも。白鶴目当てにどれだけのお大尽が座敷通いをしたものか。たれもが白鶴に袖にされ、泣く泣く踊る大尽舞いって、悔しい話も一つや二つじゃありませんよ」

　磐音は手にした盃の酒をゆっくりと飲み干した。

「白鶴の心模様までは、この北尾重政も写しとれません」

北尾は盃を置き、懐から画帳を取り出した。そして、ぺらぺらと捲《めく》っていたが、

「坂崎さん、これが前田屋内蔵助です」

と磐音にいきなり突き出して見せた。

そこには早描きされた男の横顔があった。

磐音の胸に衝撃が走った。画帳から視線を離して北尾を見た。

「驚いたようですね」

「いや」

「そう、白鶴太夫は坂崎さんの面影を前田屋内蔵助に見てとったんです。歳はいくらか食っておりましょうが、あなたの風貌《ふうぼう》とどこか似通うものがある」

と絵師北尾重政が言い切った。

すでに覚悟をつけていたはずの磐音の心がぐらぐらと揺らいだ。だが磐音は、平静を保とうと、立ち騒ぐ心を必死で鎮めた。

「だが、一つだけ違うことがあらあ」

と北尾重政がわざと乱暴な口調で言った。

「坂崎さんが見ている前田屋内蔵助の横顔は右だ。左の顔は描けねえ」

磬音は北尾を正視した。

「内蔵助の左の顔には生まれついての大きなあばたがある。それをものともせず選ばれた白鶴太夫の心意気は、並大抵じゃねえ」

磬音は瞑目して心を平静に戻した。

白鶴は再び奈緒に戻っていた。奈緒は資産や外面よりも前田屋内蔵助という人物の心を選んだのだ、磬音はそう思った。

「北尾どの、よい話をお聞かせくださいました。それがし、一命に替えても前田屋内蔵助どのと奈緒どのを無事に江戸から発たせたい、そうはっきりと決めました」

ふーうっ
と北尾重政が息を吐いた。

「あなたという人は……」

二人はしばらく黙ったまま注いだり注がれたりした。

「宇右衛門どのも四郎兵衛どのも、こたびの白鶴太夫落籍に絡む悪戯、妓楼内部の者が一枚嚙んでいると考えておられます」

「そいつは銭を摑まされただけの下っ端ですよ」

「操る者はたれか、北尾どのはどう考えられる」

「白鶴に袖にされた客の一人でしょう」

と北尾が言い切った。

「心当たりがありますか」

「これまで曰《いわ》く因縁のあった十八大通は省いていい。金翠と髭の両意休の騒ぎ以来、白鶴に手を出すのを控えています」

と北尾重政も四郎兵衛らと同じ考えを披露した。

「抱え主の宇右衛門様も、客のことだ、探るのは遠慮なさろう。もし突き止められるとしたら、会所しかありません」

「四郎兵衛どのはしばらく時を貸してくれと言われました」

北尾が頷き、

「絵師には絵師の方法がなくもない。私なりに探ってみましょう」

北尾にはなにか思い当たることがあるのか、そう言った。

「ただの悪戯とは思えませぬ。北尾どの、無理は禁物です」

「承知しました」

と答えた北尾が、

「おい、酒だ」

と叫んだ。

桂木庵を出た磐音は、腰がふらつく北尾重政の腕を支えて日本堤を今戸橋《いまど》へと向かった。聖天町の長屋へ北尾を送るためだ。

「おい、坂崎、そなたの本音はどこにある」

お楊と飲み、さらに磐音相手に熱燗を飲み続けた北尾重政は、呂律《ろれつ》が回らぬほどに酔っていた。

「本音とはなんです」

「白鶴を、いや、奈緒様を出羽の国なんぞにやってよいのか」

「北尾どの、それがし、とうの昔に奈緒どのには心の中で別れを告げております」

「女と男がそう簡単に割り切れるものか」

「いえ、そう決めたのです」

「だから本心を曝《さら》け出せと言っておるのだ」

五つ半（午後九時）の刻限か、まだこれから吉原に向かう客たちが北尾の酩酊《めいてい》ぶりを笑いながら見て通り過ぎた。

磐音は新鳥越橋の手前から土手八丁の南側に入った。投げ込み寺の一つ、西方寺の長い塀が続き、人の往来は絶えた。

ここなら、どんなに叫ぼうとだれに気兼ねもいらなかった。

薄い月が二人を照らしていた。

「坂崎磐音は本心と建前を使い分けておるぞ」

「そのようなことはござらぬ」

「出羽の紅花商人なんぞの嫁にやるな」

と北尾が叫んだとき、磐音は背に殺気を感じた。

磐音は北尾を西方寺の塀下に肩から突き飛ばした。よろめく北尾は塀にぶつかり、ずるずると腰砕けに座り込んだ。

磐音は包平《かねひら》の鯉口《こいぐち》を切ると片膝を地面に突き、その姿勢のまま逆手に手首を回して峰で叩いた。

鈍いが、確かな手応《てごた》えがあった。

ずうーん

そのまま片手一本で背後へと回転させ、包平の動きを止めなかった。

片膝突いた磬音のかたわらに、襲撃者がよろめきながら姿を見せた。着流しの町人で、その痩身《そうしん》からは餓狼《がろう》にも似た危険な匂《にお》いを漂わせていた。手に翳《かざ》されていた匕首《あいくち》が、

ぽろり

と零《こぼ》れ落ちた。

打撃を受けた腹部を両手で抱え込むと、よろよろと前方の闇に姿を没した。相手は腹部にしっかりと晒し布を巻いていたが、どうやら奉書紙を幾重にも折って巻き込んでいたようだった。

一瞬の出来事だった。修羅場《しゅらば》に慣れた者の仕度だ。

北尾が、

「な、なにが起こった」

と塀下に座り込んだまま叫んだ。

「どうやら白鶴太夫に悪戯を仕掛けている者が、こちらに刺客を送り込んできたようです」

「な、なんと。そやつら、本気か」

「本気ということを知らせてきたのです」

と答えた磐音は包平を鞘《さや》に納めた。

刺客が落としていった匕首を拾い、月明かりに翳してみた。

魳《かます》切っ先、殺しに慣れた者の得物《えもの》だ。柄元《つかもと》により力がかかるように、凹《くぼ》みが刻み込まれていた。

磐音は懐の手拭いを出して匕首を包んだ。

二

磐音はいつもと変わらぬ暮らしに戻った。

いつしか季節は文月《ふづき》に移り、秋を迎えていた。

朝ぼらけ、宮戸川に行き、次平、松吉、幸吉と向かい合うように割き台を並べて、鰻を次々に捌《さば》いた。それが深川暮らしを始めたときからの磐音の定職だった。

このところその定職を疎《おろそ》かにしていたという反省もあって、ひたすら鰻を割いた。

深川鰻処宮戸川の名は益々高まり、一日に扱う鰻の数も日増しに増えていた。

それに秋を迎え、夏の疲れが体に出てくる季節だった。だれが言い出したか、

「宮戸川の鰻を食うと百日長生きする」

というので蒲焼《かばやき》人気は高まるばかりだ。

「坂崎の旦那、まるで仇討《あだう》ちでもするように鰻を成仏させるじゃねえか」

「あれじゃあ、鰻がきゅっと鳴いて驚く暇もないぜ」

と松吉と次平が磐音の仕事ぶりを茶化した。だが、いつもならだれよりも先に口を挟む幸吉は黙々と手を休めず、丁寧な仕事をしようと努めていた。そんな幸吉を見ながら磐音が応じた。

「幸吉の手本にならねばならぬのに、このところ休んでばかりであったからな。出てきたときくらいしっかりと働きたい。お二方、今朝はゆっくりと手を休めてもかまわぬぞ」

「と言われてもよ、習い性かねえ。割き台の前に座って包丁を持つと、勝手に手が動きやがる」

「松吉どの、立派な割き師になられたな。その言葉こそ技を極めた証《あかし》だ」

「褒《ほ》めてもなんにも出ないぜ」

と答えた松吉が、

「今津屋さんのお内儀の法要は終わったのかい」

「無事に終わった。あとは今津屋どのの祝言が控えておる」

「また坂崎の旦那が忙しくならあ」

「祝言には出番はなかろう」

と答えた磐音であったが、宮戸川の仕事が終わるといつもは鉄五郎親方と一緒に朝餉を馳走になるのを断った。

その代わりというわけではないが、親方に頼み事をした。

「そいつは目出度《めでて》え話だ、承知しましたよ」

と快く引き受けてくれた。

安心した磐音は、宮戸川から小走りに六間湯に立ち寄ってさっぱりし、ついでに熊床に回って、熊五郎親方に髭を当たらせ、髷を直してもらった。

この日、吉右衛門を案内して、速水左近邸を訪れる約定《やくじょう》になっていた。仲人受諾のお礼のためだ。だが、長屋に戻ると品川柳次郎《しながわりゅうじろう》が待っていた。

「やはり湯屋でしたか」

と井戸端で女衆《おんなし》と談笑していた柳次郎が磐音に話しかけてきた。

「品川さん、御用ですか」

「用というわけではありませんが、このところ坂崎さんがお顔を見せられぬので、母上が案じられて、様子を伺ってこいと命じられたのです」

「それは恐縮です。暫時、お待ちを」

磐音は濡れた手拭いを井戸端の物干しの端に干すと、鰻の匂いが染み付いた衣服を着替えた。夏物の小袖《こそで》に菅笠を被り、大小を落とし差しにすれば、今津屋行きの仕度はなった。今津屋では羽織袴が待っていた。

「お待たせしましたな」

磐音は、両国東広小路辺りの茶店で柳次郎と話すくらいの時間はあると考えていた。

「今津屋に行かれるのですね」

「はい」

六間堀の河岸《かし》道を二人は肩を並べて竪川へ向かった。

「竹村武左衛門《たけむらぶざえもん》の旦那が、嘘か真《まこと》か、白鶴太夫の落籍話を耳にしてきました。巷《ちまた》の勝手な揣摩臆測《しまおくそく》と思いましたが、なんとなく坂崎さんのお顔を見がてら伺ったのです」

「それは恐縮です」

「噂は虚言でしょうね」

「いえ、真実です」

柳次郎の足が止まり、磐音の顔を見た。

「よいのですか」

「よいもなにも、白鶴太夫とそれがしはもはや無縁の者です」

磐音は足を止めず歩き続けた。すると柳次郎が慌てて追ってきて言い募った。

「もはや無縁だなんて割り切れませんよ」

品川柳次郎とは長い付き合い、白鶴太夫が磐音の許婚だったことは承知していた。

「いえ、致し方なき宿命《さだめ》です。それに相手は立派な人物です。白鶴太夫は自ら選んだ道を歩かれます」

「江戸の方ですか」

柳次郎はそのことを案じた。

「いえ、出羽山形領の住人です」

「山形か。江戸から遠い国ですね」

「九十四里、雪国と聞いております」

「豊後関前は雪が降りますか」

柳次郎は小林奈緒の故郷のことを訊いた。

「何年に一度か風花《かざはな》が舞う程度です。だが、山形では何尺も、時には一丈を超えることもあるそうです」

「そのような雪国で暮らせますか」

「それが太夫の選ばれた道、幸せに暮らさねばなりません」

柳次郎は黙り込み、しばらく歩き続けていたが、

「私なら平静ではいられませぬ。泣き叫ぶかもしれません」

と磐音を非難するように言った。

「品川さんは正直だ。己の心に素直だ」

「坂崎さん、胸の中《うち》を吐露しなされ、喚《わめ》きなされ、と言ったところで無駄でしょうね」

「人それぞれ歩く道が定まっております」

それが磐音の答えだった。磐音は足を止めた。

二人は竪川にぶつかっていた。

「それがしの身を案じてくれた品川さんの恩情、終生忘れませせぬ」

磐音は腰を折って友に頭を下げた。柳次郎はその様子をやるせなくも哀しげに

見詰めていたが、くるりと踵《きびす》を返して本所の屋敷に戻ろうとした。

「近々幾代《いくよ》様にお目にかかりに参ります」

振り向いた柳次郎は頷くと軽く手を上げた。

「私で役に立つことがあればなんでも言ってください。母上もそう願っております」

磐音が頷き返すと柳次郎は、本日はこれでと応じ、再び背を向けた。

友の背をただ磐音は見送り続けた。


今津屋の店先に姿を見せた磐音をおこんが待ち受けていて、

「髷は結い直してきたのね」

と仔細《しさい》に点検した。

「熊床に行って参った。湯屋にも行って身を清めた」

「ならこちらへお上がりなさい」

店裏の座敷にはちゃんと火熨斗《ひのし》が当てられた小袖羽織袴が用意されていた。

その座敷の片隅には、速水邸に持参するお礼の品々が並んでいた。それを振場《ふりば》役《やく》の番頭の新三郎《しんざぶろう》らが運んでいくとか、すでに準備万端整っていた。

「今津屋どのの仕度はよいのかな」

「すでに終わっていらっしゃるわ。こういう祝い事は朝の内が勝負なんですからね」

おこんはてきぱきと磐音の着替えを手伝った。だが、その口から吉原を訪ねた首尾は訊かれなかった。磐音もまた話さなかった。互いが気にしているのに口にできなかった。

「よし、これでいいわ」

磐音はおこんに伴われて吉右衛門の奥座敷に挨拶に出向いた。

「今津屋どの、お待たせしました」

「坂崎様、本日はよろしくお願い申します」

「不束《ふつつか》ながら案内《あない》役を務めさせていただきます」

由蔵が姿を見せて、

「駕籠も参っております」

と知らせに来た。

「坂崎様、よろしゅう頼みます」

吉右衛門を先頭に三和土廊下にある内玄関から店へと出た。店先から上がった磐音の履物も内玄関へ回してあった。

磐音は薄暗がりで包平を腰に差し戻し、気を引き締めた。

主が出向く用事を、奉公人の主だった者たちは承知していた。

「いってらっしゃいませ」

と見送りながら、筆頭支配人の林蔵など磐音に目顔で、

「よしなに」

と訴えてきた。磐音は頷き返した。

今津屋の門前には三挺《ちょう》の駕籠が待ち受けていた。駕籠かきは馴染みの参吉だ。

一挺には吉右衛門が乗り、残りの二挺には速水邸に持参する品々が載せられて、新三郎らが従う手筈《てはず》だった。

「表猿楽町までお願いいたす」

と磐音が念を押すと参吉が、

「委細承知にございますよ」

といつもより丁寧に答えた。

速水邸のある表猿楽町は通称である。

この辺りに猿楽師観世《かんぜ》太夫の屋敷があったのでこう呼ばれたが、周囲は大身旗

本の屋敷町であった。

一行は米沢町から神田川沿いに筋違橋御門《すじかいばし》まで上がり、そこから武家屋敷の連なる通りを西行すれば辿りつくことになる。そう遠い距離ではない。

吉右衛門が乗り込んだ駕籠のかたわらには磬音が従った。新三郎らは残りの二挺の駕籠脇に位置をとった。

「よし、参ろうか」

「いってらっしゃいませ」

一行が進み始めると、

「坂崎様」

と垂れを上げた駕籠から吉右衛門が呼びかけた。

「小田原に書状を書き送りましてな、媒酌人を上様御側御用取次速水左近様に引き受けていただいたと知らせました。すると、上様御側衆の媒酌人では恐れ多いことながら、江戸で判断なされたことゆえよろしく、との潔い返事が参りました。また婚礼の日取りは今津屋と速水様のお話し合いに従う、こちらはすでに輿入れの仕度は整っているとも、小清水屋右七さんから言ってきております」

「今津屋どの、いよいよでございますな」

「こちらは薹《とう》の立った花婿、ちと晴れがましい」

と吉右衛門が照れたように笑った。だが、その笑顔には幸せが溢《あふ》れていた。

「それがしには、なんとのうしか察しがつきませぬ」

「坂崎様、私の次は後見ですぞ」

「それがし、ですか」

「気が進まぬようですね」

「いえ、そういうわけではございません」

「なにか、憂い事がおありかな」

磐音は即答できなかった。

「後見のこと、なんの心配もしておりませんが、なんぞ入り用のときは声をかけてくださいよ」

と吉右衛門がすべてを察したように短く言い、磐音はただ頷いた。

表猿楽町の速水左近邸の門前内外はいつも以上に念入りに掃除がなされ、打ち水が打たれて、清々しくも来客を迎える仕度ができていた。

いつも相談事を持ちかけてくる大名、旗本方の訪問客が門前に一組もなく、速水邸ではこの日に限り訪問客を断ったことが察せられた。

門番、玄関番の家臣たちには今津屋吉右衛門の訪問は知らされていたとみえ、すぐに用人の鈴木平内が式台に姿を見せた。

「鈴木様、今津屋吉右衛門どのを案内して参りました。速水左近様にお取次ぎのほどお願い申し上げます」

「坂崎氏《うじ》、ご丁寧な挨拶なれど、わが主《あるじ》、そなた方の訪いを最前から奥書院にて待ち受けてござる。ささっ、お通りあれ」

「恐れ入ります」

磐音は答え、新三郎らから願われていた、控え部屋を暫時借り受けて進上品を調えたい旨を頼んだ。

「ならばこちらの部屋をお使いあれ」

新三郎と手代の文三《ぶんぞう》の二人が、駕籠に載せて運んできた品々を抱えて控え部屋に入った。

吉右衛門と磐音は鈴木に案内されて奥書院に通された。

速水は鈴木の言葉どおりに、継裃《つぎかみしも》姿で客の到来を待ち受けていた。

床《とこ》の間には蓬萊山《ほうらいさん》の掛け軸がかけられ、蓬萊台には松竹梅に鶴亀《つるかめ》、尉姥《じょううば》の飾り物があった。

「おおっ、参られたか」

吉右衛門と磐音の二人は廊下に座すと平伏し、磐音が、

「速水様、予《かね》てよりの約定に従い、媒酌人の正式なお願いに今津屋吉右衛門どのを同道して参りました」

「花婿どの自らご挨拶とは恐れ入った」

と磊落《らいらく》に笑った速水が、

「ささっ、書院へ通られよ」

と二人を書院座敷に招じ入れた。

速水左近と対座した吉右衛門が、

「速水様、私今津屋吉右衛門の媒酌人をお引き受けいただき、これに勝る慶びはございませぬ。まことに有難うございました。本日は略儀ながらお礼のご挨拶に伺いました」

と平伏し、磐音も頭を下げた。

「今津屋どの、小田原脇本陣小清水屋から次女お佐紀どのを嫁に迎えるそうな。祝着《しゆうじやく》至極、目出度いのう。永久《とこしえ》の幸を祈ろうか」

「温情溢れるお言葉、吉右衛門、返す言葉が見当たりませぬ」

そこへ鈴木平内が再び姿を見せた。後ろに緊張の様子の新三郎と文三を従えていた。

新三郎は杉の葉を敷きつめた真新しい板台に、二尺はあろうかという見事な鯛《たい》を載せて捧げ持ち、文三は角樽《つのだる》を抱えていた。

「速水様、媒酌人をお引き受けいただきましたささやかなお礼にございます。お納めくださいませ」

「それがし、上様ご近習ゆえ、訪問客からの贈り物は一切拒んでおる。だが、本日は目出度き話ゆえ頂戴いたす」

「まことに有難うございます」

頭と尾がぴーんと反《そ》り返った魚と酒が奥書院の蓬萊台のかたわらに置かれた。

「今津屋、互いに知らぬ仲ではなし、もはや儀礼は抜きじゃ」

心得たように次の間の襖《ふすま》が開かれ、奥方和子《わこ》とお女中衆が酒を運んできた。

「今津屋、坂崎どの、うちの奥じゃ。こたびの媒酌人の栄、たれよりも喜んでおるわ」

と磊落にも紹介した。

和子は旗本五千石御書院番頭《ばんがしら》近藤加賀守の娘であった。

吉右衛門が、

「奥方様、こたびは身分違いも省みず媒酌人をお願い申しました。吉右衛門、まことにもって恐縮至極にございます」

「今津屋どの、わが殿も最前申されたように、もはや儀礼は抜きにございます。武家屋敷のこと、なんの持て成しもできませぬが、祝いの酒を受けてくだされ」

と和子に銚子《ちょうし》を差し出された吉右衛門が、

「恐れ入りましてございます」

と言いながら両手で酒器を捧げ持った。一座に酒が注がれ、主の速水が、

「まず目出度き祝言の前祝い」

と音頭をとって一同が飲み干した。

それを合図に膳が運ばれてきた。

「奥も申したが、武家の料理は無粋でな、町屋の料理ほど美味くはあるまいが」

と速水が言ったとき、
ぷーん
となんともよい香が表から漂ってきた。

「奥、この香ばしき匂いはなんだな」

速水が問い、和子も小首を傾げた。

廊下に足音がして、玄関番が、

「殿様、川向こうの深川鰻処宮戸川と申す鰻料理屋が、焼き立ての蒲焼、白焼きを届けてきましたが、なんぞ心当たりはございますか」

速水の目が磐音に向いた。

「差し出がましいとは思いましたが、それがしが割いた鰻を親方の鉄五郎が心を込めて焼いたものにございます。祝いの席でお召し上がりいただければ喜ばしいかぎりに存じます」

「おおっ、西の丸様も宮戸川の鰻が食したい、坂崎が割いた鰻の蒲焼が食べてみたいと申されておったが、あれか」

極秘行で日光社参に向かった家基には磐音らが同道していたが、家基は磐音が鰻割きの仕事をしていることを聞き、また蒲焼の美味を知るに及んで、

「なんとしても賞味したいものよ」

と感想を洩らしていた。

「はい」

「ここに運べ」

速水の鶴の一声の許しに、真新しい法被《はっぴ》を着た鉄五郎が大きな岡持ちを提げて廊下に姿を見せた。

「匂いだけでもたまらぬな」

武家屋敷の奥書院がさらに一段と和やかな雰囲気へと変わり、信頼する者同士の打ち解けた祝いの場になった。

三

今津屋吉右衛門の駕籠に付き添い、磐音は表猿楽町の通りを下っていった。行きに一緒だった新三郎と文三は、使いの役目を終えて先に店に戻り、駕籠も参吉の一挺が残されただけだった。

屋敷町に初秋の宵がゆっくり訪れようとしていた。

磐音は大役を果たした安堵の思いで駕籠に付き添っていた。

吉右衛門とお佐紀の婚礼は、日も佳き葉月十五日、仲秋《ちゅうしゅう》の候に決まった。

「駕籠屋さん」

と吉右衛門の声が垂れの向こうからして、

「履物をくださいな。少し夕風にあたっていきます」

と微醺《びくん》を帯びた声が伝えた。

「へえっ」

参吉が心得て止まり、すぐに草履《ぞうり》が垂れの前に揃えられた。

「旦那、気持ちが悪うございますかえ」

「参吉さん、なんの気持ちが悪いことがありましょうか。ただな、そぞろ歩きしとうなっただけです。後ろからついてきてくださいな」

と吉右衛門が言って歩き出し、磐音は従った。

「坂崎様、世話になりました」

「なにほどのことがございましょう。それにしてもいつもは厳《いか》めしい速水様が大変な喜びようで、奥方様もその日を楽しみにしておられます。やはり今津屋どのの人徳にございましょう」

「いや、私は、坂崎磐音という人物がいなければ、速水様の媒酌が叶《かな》ったとは思っておりませんよ」

「それはいかがか」

「いや、確かなことです」

と言い切った吉右衛門が、

「それにしても上様の耳に私の祝言のことが届いていようとは、努々《ゆめゆめ》考えもしないことでした」

と感激の面持ちで呟いた。

宴もたけなわとなり、酒で口が滑らかになった速水が、

「今津屋、そなたの祝言じゃがのう、上様も承知じゃ」

と言い出したのだ。驚いた吉右衛門が、

「それはまたどうしたことで」

と問い返した。

「過日、上様とお目通りした折り、辺りには小姓の他たれの姿もなかったゆえ、上様に今津屋吉右衛門の祝言の仲人を務めることに相なりましたと、経緯《いきさつ》を申し述べ、お断り申し上げた。それがし、幕臣じゃからのう」

「上様はなんと仰せられました」

吉右衛門が不安の顔で問うた。

「なんと、上様は身を乗り出され、今津屋には先の日光社参でも世話になった。左近、精々月下氷人の大役を果たせ、と鼓舞されてしもうたわ」

速水が満足そうな笑みを浮かべて言ったのだった。

「……あのときばかりは私も仰天しました」

と速水との会話を思い出したか、吉右衛門が上気した体《てい》で磬音に言った。

「今津屋どの、もはや速水様の媒酌、たれに遠慮も要りませぬな」

「とは申せ、こちらは再婚です。それにこのようなご時世、あまり晴れがましく行うのはどうかと思います。心して祝言の仕度をせねばなりますまい」

と吉右衛門は自ら高揚した気持ちを抑えるように告げた。

「まずは、本日決まったことなどを小田原へお知らせせねばなりませんな。お佐紀どのも右七どのもお慶びのことと察します」

「今晩にも文を認《したた》めて早飛脚で知らせます」

「およそひと月半、だいぶ先のようで、短うございますからな」

「いかにもさようです」

と答えた吉右衛門が、

「次は坂崎様とおこんの番です。なにがなんでもこの今津屋吉右衛門が取り仕切りますぞ」

「は、はい」

二人の男はついに米沢町の今津屋の店先まで歩き通した。

「旦那様と後見のお帰りです！」

見張っていた感じの小僧の宮松が大声を張り上げ、帳場格子から由蔵が飛び出してきた。そして、二人の歩いてきた様子と顔色に上首尾を察したか、

「旦那様、祝着にございました」

と声をかけた。そろそろ店仕舞いの刻限で、奉公人たちは帳簿整理や帳箱の小判や小粒の勘定をしていたが、

「お帰りなさいませ」

という声がいつも以上に高く店に響いた。そして、主の祝い事の首尾をこちらも察してひっそりと喜び合った。まだ店には何人か客が残っていたからだ。

吉右衛門がまず客に会釈をして、

「毎度お引き立てを賜り有難う存じます」

と挨拶し、

「ただ今戻りました。店は変わりございませぬな」

と気を引き締め直すように奉公人に声をかけた。すると由蔵が、

「万事遺漏ございません」

と即答し、頷いた吉右衛門は奥へと姿を消した。

「坂崎様、ご苦労さまでしたな」

由蔵が店に残った磐音に言い、

「旦那様の、抑えても抑えても自然に零れる笑みを拝見いたしまして、由蔵も安心しました」

「日取りは仲秋の候、葉月十五日と決まりました」

「おおっ、決まりましたか。ささっ、奥に通って話を聞かせてくださいな」

と昼間から手薬煉《てぐすね》引いて待っていた由蔵が、磐音の手を引かんばかりに奥へと招じ上げた。

奥座敷ではおこんが吉右衛門の着替えを手伝っていた。

「ただ今戻りました」

おこんが磐音を見上げて大きく頷き、

「お疲れさまでした」

と声をかけると、

「坂崎さんも窮屈な羽織袴を着替えたら」

と言った。

「望むところだが、よろしいかな」

「もはやお武家様の屋敷じゃないんだから」

「ならばそれがしも失礼して着替えて参る」

磬音は廊下を戻り、いつもの階段下の小部屋に行った。だが、そこには磬音の夏小袖は見当たらなかった。

「ここではなかったか」

と磬音が呟いていると廊下に足音がして、おこんが磬音の衣服を畳んで入れた乱れ箱を持参してきた。

「着替えたところはこの部屋ではなかったでしょ」

「そうであったかな。それがしには馴染みの部屋ゆえ、落ち着く」

磬音はそう言いつつ羽織と袴を脱ぎ捨てた。磬音の背に回ったおこんが、

「あのようにご満足の様子の旦那様は見たことがないわ」

「速水様も奥方の和子様も、媒酌人を心から喜んでおられる。今津屋どのにそのことが伝わったからであろう」

「よかった」

お艶亡き後も今津屋の大所帯を支えてきたおこんがしみじみと言った。

「ほんとうに、よかった」

磐音が羽織の下に着ていた小袖の帯を解くと、その背に金兵衛長屋から着てきた衣服が、
ふわり
と着せかけられた。

「旦那様には、お艶様が亡くなられてから一日たりとも気の休まる日はなかったと思うわ。それだけに……」

おこんは言葉を詰まらせ、ふいに磐音の背に顔を押し当てた。

磐音が背に手を回すとおこんがその手を摑み、

「ありがとう」

と言った。

二人は暗い階段下の部屋で、しばしそのままの姿勢で互いの温もりを感じ合っていた。

「おこんさん、今津屋どのが帰り道、次は坂崎様とおこんの番です、なにがなんでもこの今津屋吉右衛門が取り仕切りますぞ、と言われた」

おこんはその言葉に身を震わせた。

その震えが磐音に伝わってきて、胸の中に温かいものが広がっていくのを感じた。

二人が座敷に戻ったとき、座敷では吉右衛門と由蔵が桜湯を飲みながら談笑していた。

「後見、ご苦労にございました」

改めて由蔵が磐音を労った。

「これからが老分どのの出番です」

「お招きする顔ぶれの人選はおよそ由蔵の頭にございます。明日にも旦那様のご意見をお聞きして手直し致します」

吉右衛門が頷き、

「内祝いにございます。おこん、皆にな、酒をつけてくれませんか」

と奉公人に酒を許した。

磐音がおこんに送られて今津屋を出たのは五つ半（午後九時）の刻限であった。

「泊まっていけばいいのに」

おこんは菅笠を渡しながら何度目かの言葉を囁いた。

「朝から歩き回ったゆえいささか疲れた。金兵衛どのの長屋が気が休まる」

「お父っつぁんは元気かしら」

「壮健にしておられる。ただ……」

「ただ、なんなの」

「おこんさんの見合いに走り回る要がなくなり、どこか気抜けしたような様子じゃ」

おこんがくすくすと笑い、

「勝手に一人相撲《ずもう》を取ってきたんだから仕方ないわね」

「それがしはこれにて失礼いたす」

着流しの磐音はおこんに挨拶して今津屋を出た。

すっかり人影の絶えた両国西広小路を突っ切り、両国橋に向かった。

両国橋の上に旧暦七月始めの薄い三日月がかかり、川面から霧が橋上に漂い上がってきていた。

長さ九十六間の橋に差しかかった。常夜灯の灯りも霧でぼんやりとして、川向こうは全く見えなかった。

手にしていた菅笠を被り、紐を顎下《あご》で結んだ。

剣者として両手を開けておく、そのことを無意識のうちに実行していた。

橋の中ほどにかかったとき、

ぎいっ

と櫓《ろ》の音が水上から響いて、ぼんやりとした提灯の灯りが下流へと流れていった。

速水邸での酒はすでに醒《さ》めていた。ただ、朝からあれこれ気忙《きぜわ》しかったことが磐音の脳裏を散漫にしていた。

背に殺気を感じた。

磐音は振り向いた。

だが、茫漠《ぼうばく》とした霧が漂うばかりで危険の様子は感じられなかった。

(気の迷いか)

後ろに視線を向けたまま、橋板を漂う霧を漠然と眺めていた。

この季節を七十二候で、

「蒙霧升降《もうむしようごう》」

と称するとか。深い霧が出る候ということだ。

磐音はふと孤独を感じておこんのもとへ戻りたくなった。だが、強引に視線を深川へ、両国橋東詰へと戻した。

その瞬間、霧が這《は》う床板を気配もなく滑るように突進してくる刺客に気付かされた。抜き合わせるにはすでに間合いの中へと相手は踏み込んでいた。

裁っ付け袴の剣客は八双の剣を振り下ろしつつ斬撃《ざんげき》の間合いにいた。

痩身、壮年の剣術家、そう見てとった磐音は、包平に手もかけず相手の右側へと大きく飛んだ。だが、余りにも接近していた。

刃風を顔面に感じ、鬢《びん》を削られた。さらに、
ばさり
と菅笠が斬り割られ、磐音はかろうじて欄干《らんかん》に身をぶつけて反転させた。

その瞬間には刺客も身を翻して二撃目を送り込もうとした。

磐音は崩れた体勢の中で柄《つか》に手が届いた。

感触で、包平ではないことを察した。

脇差の柄だ。もはや包平に持ち替える猶予はない。

そのまま抜き放ち、刺客が打ち込んできた二撃目をかろうじて受けた。だが、体勢が不安定な上に勢いが違った。

相手の剣が磐音の顔面に迫った。

吐く息を感じた。

病持ちか、死臭のような息だった。

それが磐音を立ち直らせた。

攻め込まれる剣を脇差で受け止めながら、鍔競《つばぜ》り合いになった。だが、大刀と脇差では力の入れ具合が違った。

ぐいぐいと刺客が攻撃の勢いを取り戻した。

磐音は再び押し込まれそうになりながらもなんとか踏み止まり、欄干に背をつけて腕力だけで押し戻した。

刺客の刃が何度も菅笠に触れ、さらには額を掠《かす》めて血を流させた。

うーむ
襲撃者は渾身《こんしん》の力を込めて一気に刃を押し込もうとした。磐音がなんとか押し戻した間が、また縮まろうとした。

そのとき、咄嗟《とっさ》に行動していた。相手の押し込む力を利して、磐音は、
くるり
と体勢を入れ替えたのだ。

ふわり
と襲撃者の腰が浮いた。
絡んだ剣と脇差も離れた。
欄干に背をぶつけた相手はその反動を使って、離れた剣を磐音の眉間《みけん》に叩き込もうとした。
だが、磐音の無銘の脇差一尺七寸三分が、刺客の見えないところで清流を遡《さかのぼ》る鮎《あゆ》のように躍り、喉笛《のどぶえ》を一瞬早く、
ぱあっ
と斬り裂いた。
相手の腰から一気に力が抜けて、
よろよろ
と反対側の欄干にまで後退し、
がくん
と頭と背が後ろ向きに反り返って、裁っ付け袴の両足が浮き、霧の大川へと落ちていった。
ふーうっ

磐音は弾むような呼吸を鎮めるように大きく息をした。

額から生温《なまぬる》い血が流れるのを感じていた。

偶然にも手がかかった脇差が、接近戦を制する武器となった。

磐音が気付いたとき、すでに刺客は間合いの内にいた。

包平にこだわり、刃渡り二尺七寸の豪剣を抜こうとしたら、磐音は一撃目で斃《たお》されていただろう。脇差を抜いた後も苦戦を強《し》いられたが、磐音の命を救ったのは扱い易い脇差だった。

懐紙を取り出して脇差の血の汚れを拭《ふ》き取り、鞘に納めた。

両国東広小路へ歩き出しながら、額や鬢から流れる血を手拭いで拭った。

（たれが送り込んだ刺客か）

考えられるのは白鶴太夫の落籍に関してのみだ。過日も北尾重政と一緒の折に襲われた。それにしても正体不明の人物はなぜかくも磐音の暗殺に執念を燃やすのか。

磐音は橋を渡り切り、竪川から六間堀の河岸に辿りついてようやく弾む呼吸を整え終えた。

金兵衛長屋に戻ると蚊遣りの煙が溝板《どぶいた》の上に漂い流れて、それが磐音の気持ちを落ち着かせた。

長屋の戸を開き、狭い土間でしばし佇《たたず》んでいた。

異変はない。

ゆっくりと斬り割られた菅笠の紐を解《ほど》いて脱ぎ、包平を腰から抜いて、上がりかまちに置いた。額と鬢の血は止まっていた。

磐音は水を被るために井戸端へと静かに向かった。

四

昼前、竹皮に包んだ鰻の肝焼きを提げた磐音は、北割下水の品川清兵衛《せいべえ》の御家人屋敷を訪ねた。宮戸川の仕事が終わった後のことだ。
傾《かし》いだ門の向こうに瓢簞《ひょうたん》が風に揺れ、庭に続く枝折《しお》り戸から大荷物を負った手代風の男が出てきて、磐音に、
ぺこり
と挨拶し、竹皮の匂いに引かれるように見た。その額に汗が光っている。
「これか、鰻の肝じゃ。食すと精がつく」

品川家に内職の品を受け取りに来たらしい男が曖昧な笑顔で応え、門から出ていった。

磐音は男が出てきた枝折り戸から庭へ回った。すると縁側では幾代と柳次郎が酉《とり》の市の熊手《くまで》を造っていたらしく、まだ熊手の材料の竹や飾り物の宝船などが散らばっていた。

「坂崎様、しばらくでございますね」

幾代が笑いかけ、形のよい鼻をくんくんさせた。

「宮戸川の鉄五郎親方が鰻の肝を香味と塩で焼くことを考えました。酒のつまみにいいというので客の間で評判を呼び、秘伝の垂れをつけた肝焼きと一緒に名物になりつつあります。それを持参しました。いえ、このまま食しても美味しゅうございます」

「鰻の肝ですか」

とちょっと気持ち悪そうな顔をした幾代が、

「なにはともあれ、茶を淹れましょうかな。ちょうど一段落したところです」

と縁側から立った。

「坂崎さん、手伝うことがありますか」

柳次郎は磐音の訪いをそうとったか訊いてきた。

「そのうち、品川さんにお願いすることがでてこようが、なにしろ吉原の中のことです。なんともまどろっこしいが待つしかございません」

「自慢じゃないが、坂崎さんも私も吉原通いをするほど懐に余裕もなし、とんと疎《うと》いですからね」

貧乏御家人の次男坊の柳次郎が苦笑いした。継ぎの当たった作業着に前掛け姿で、吉原が馴染みというには程遠い格好だ。

「いかにもさよう」

磐音は白鶴太夫の落籍に関して二度刺客に襲われたことだけを柳次郎に告げた。

「脅しだけかと思ったが、ちと度が過ぎておりますね」

柳次郎が顔を強張《こわば》らせた。

「とにかく相手の正体が摑めぬでは動きようもない。今は吉原会所の探索待ちです」

磐音が答えたとき、幾代が盆を抱えて戻ってきた。

「茶請けに青菜の浅漬けなどいかがですか」

「こちらもご賞味ください」

磐音が竹皮を解いた。すると一段と香ばしい匂いが縁側に漂った。

「母上が嫌と言われるなら、私がその分もいただこう」

と柳次郎が竹串に刺された塩焼きの肝に手を出し、かぶりついて目を丸くした。

「美味いぞ、これは。塩加減といい、香味といい、なんとも言えぬ。それにちょっぴり舌先に感じる苦味が乙です」

「品川さん、今度は垂れを味わってください」

柳次郎が塩焼きを片手に持ったまま垂れの肝を摑み、口に入れてにんまりと笑った。

「坂崎さん、私はこっちが好みです。これで酒を飲むと堪《こた》えられません」

「柳次郎、行儀が悪うございますよ」

「母上、さようなことを申されますが、食べねば一生の損にございますよ」

「そのように美味ですか」

「まあ、お試しあれ」

柳次郎は両手の塩焼きと垂れを交互に食べて唸《うな》った。それを見た幾代がおずおずと垂れの肝焼きに手を出し、鼻先で香を嗅いでいたが、思いきって口に入れ、しばらく黙り込んだ。

「幾代様、苦いところを食べられましたか」

心配する磬音ににっこりと笑った幾代が、

「柳次郎が申すとおり、一生の損になるところでした。いや、美味しい。初物食いは七十五日長生きするそうです。これはようございます、坂崎様」

二人は茶を喫しながら三本ずつ食し、

「柳次郎、残りは父上の晩酌の酒菜《つまみ》に取っておきましょうかな」

と竹皮を紐で包んだ。

「ところで柳次郎、そなた、大門を潜ったこともないのですか」

幾代が先ほどの二人の会話を聞いていた様子で問うた。

「母上、私とて大門くらい潜ったことはありますよ」

「それで安心しました」

「ですが私よりも、母上と造る内職の熊手のほうが大威張りで仲之町を歩いておりましょうな」

「ほう、それはまたどういうことですか」

幾代が柳次郎に訊いた。

「ご存じないのですか。酉の市の宵は、吉原の大門を開くばかりか鉄漿溝《おはぐろどぶ》に架かる刎《は》ね橋を下ろして、男も女も廓《くるわ》内に入れる仕来《しきた》りです。一ノ酉の宵の吉原は、熊手を担いだ方々が大勢歩かれるのです」

「それは見物ですね。柳次郎、今年のお酉様には熊手見物に吉原に参りましょうか」

「母上、どこの世界に母と倅《せがれ》が同道して吉原に行くものですか。女郎衆に小馬鹿にされます。お断り申します」

幾代と柳次郎の会話は屈託がない。それを聞いていた磐音は、次々に襲いくる刺客のことも忘れて長閑《のどか》な気分になった。

幾代が真顔に戻した。

「坂崎様、ちと差し障りのある話かもしれませんが、訊いてよろしいですか」

「なんなりと」

「いつぞや、柳次郎から、許婚だったお方が吉原で太夫に出世しておられると聞いたことがあります。そのお方とお会いになることはございませぬのか」

「母上、そのようなことを」

柳次郎が慌てた顔をした。

だが、磐音は、

「ございません」
と答えていた。
「未練はないのですか。相手様も坂崎様が見えるのを待ち望んでおられるのでは
ありませんか」
「母上、白鶴太夫はこたび出羽国山形城下の紅花大尽に落籍されることが決まり、
吉原を出られます」
と柳次郎が幾代に説明し、話題を変えようと試みた。
「坂崎様、そんな遠国に白鶴様をおやりになってよろしいのですか」
幾代の問いはいつになく執拗《しつよう》で切迫していた。
「よいも悪いも、私どもは豊後関前を出たときから別々の道を歩む宿命にあった
のです。お聞きするところ、白鶴太夫を落籍される前田屋内蔵助と申される方、
できた人物のようです。白鶴太夫もきっと幸せを見つけられたのです」
「坂崎様、あなたという方はどうしてそう平然としていられるのですか。他人の
私ですら気を揉みますのに」
磐音は困惑の表情で黙り込んだ。
「白鶴様は、あなたが江戸におられることを承知なのですね」

「おそらくは」

「ならばどのようなかたちでもよい、坂崎様が会いに来られるのを待っておられます。それが女心です」

「幾代様、それがしは陰から見守る道を選びました」

「そのことを白鶴様は察しておられるのですね」

磐音はしばし沈黙した後に、

「はい」

と正直に答えた。

髭の意休が白鶴太夫を吉原の外に、鐘《かね》ヶ淵《ふち》に紅葉狩りに連れ出したことがあった。その現場を、白鶴に岡惚《おかぼ》れした十八大通の一人金翠意休が仲間と襲ったとき、磐音は正体が知れぬように金翠一味の前に立ち塞がり、白鶴の船を逃がしていた。だが、白鶴から、救いの主に危ういところを救われた礼にと打掛けが届けられていた。

「よいのですね、山形に行かれても」

「それが私どもの選んだ道にございます」

ふうーっ

と幾代が吐息を洩らした。

「坂崎様、必ずや白鶴様からあなた様に別れのご挨拶がございます。そのとき、お断りにならないでください。それが私からの願いです」

磐音はしばし考えた後、

「そういたします」

と答えていた。


この日の夕暮れ、磐音は金兵衛長屋で飯を炊き、幾代から貰ってきた油揚げと人参とひじきの炊き合わせで夕餉《ゆうげ》を済ませた。

金兵衛長屋に虫の声が響き、なんとなく秋の到来を感じさせた。

そんな刻限、長屋の木戸口に人が立った気配で声がした。

「どちらですかえ、坂崎磐音様のお長屋は」

「ここだが」

磐音が声を上げると、戸口に吉原会所の半纏《はんてん》を粋に着た若い衆が立っていた。

見かけた顔だが名は知らなかった。

「会所の鯉助《りすけ》にございます。頭取《かしら》が坂崎様に吉原までご足労願いたいとの言伝《ことづて》でございます」

「承知した。暫時、お待ちくだされ」

木戸口で待つつもりか、若い衆の姿が消えた。

夏小袖に包平と脇差を差し落として、磐音の仕度はなった。

「五作どの、おたねどの、出て参る」

隣に声をかけた磐音は木戸口に出た。

鯉助がひっそりと待っていた。二人は六間堀川へと出た。

「猪牙《ちょき》を用意してございます」

猿子橋の下に吉原会所の提灯を点《とも》した舟が舫《もや》われていた。船頭はすでに舳先を竪川の方角へと巡らしており、磐音と鯉助が乗り込むと舫いを解いて石垣を竿《さお》で突いた。

なにが起こったか、鯉助は言わなかった。

磐音も敢《あ》えて訊こうとはしなかった。説明せよと四郎兵衛に命じられていれば、磐音が黙っていても鯉助は話してくれたはずだ。

六間堀川から竪川へ、さらに一ッ目之橋を潜って大川に出ると、秋風が吹き付けてきた。

竿がしなり、猪牙舟が舟足を速めた。

磐音を乗せた猪牙舟が山谷堀の今戸橋際に着いたとき、刻限は五つ半（午後九時）前後で、橋界隈の船宿に猪牙舟で乗り付けた職人衆や、土手八丁を駕籠で飛ばす番頭風の遊客、それに徒歩で向かう男たちがいた。

吉原はまだ宵の口だ。

猪牙舟を降りた磐音と鯉助は遊客たちに混じり、土手八丁から衣紋坂へと急いだ。

五十間道の蔦屋の表戸は閉まっていたが、引手茶屋では赤々とした灯りが点されていた。

大門を潜り、鯉助が磐音を案内したのは会所だった。

会所の前に、廓内では珍しい駕籠が止まっていた。大門を駕籠で潜ることができるのは医師だけだ。

会所の土間に面番所の同心や御用聞き、それに吉原の男衆《おとこし》が蠢《うごめ》いて背中の垣根ができて、なにかを見下ろしていた。

磐音は土間の端から上がり座敷に招じられた。すると土間の光景が見えた。戸板の上にまだ若い娘の亡骸《なきがら》が横たえられ、医師が検視を終えたところだった。

後ろ帯にし、髪を禿《かぶろ》にしている娘は、吉原で禿《かむろ》と呼ばれる遊女の予備軍だ。

この禿は十三、四歳か、見目麗《みめうるわ》しい顔立ちに恐怖を留めていた。衣服は濡れそぼち、裾《すそ》は汚れ、髪がざんばらに顔にかかっていた。

一見、外傷など見えなかった。

検視の医師と面番所の役人が何事か話し込み、

「四郎兵衛、あとは頼むぜ」

と言い残すと同心は面番所に戻っていった。手桶《ておけ》の水で手を洗った医師も、若い衆の差し出した手拭いで手を拭き、

「私もこれにて失礼します」

と挨拶し、さっさと会所を出た。

会所の土間からさっと人影が引き、磐音は残った人の中に丁子屋の宇右衛門の打ちのめされた姿を見た。

「坂崎様、恐れていたことが起こりました」

「白鶴太夫の禿ですか」

「いかにもさようです」

と四郎兵衛が答え、宇右衛門が、

「白鶴は三人禿で、中でもとりわけこのお小夜《さよ》を可愛がっておりました」
と答えて土間から上がりかまちに、
どさり
と腰を下ろした。
「白鶴太夫が可愛がっていた猫が昨夜《ゆうべ》からいなくなりましてな、お小夜は暇を見てては丁子屋の内外を探して歩いていたようです。昼見世の後も探しに出たそうですが、夜見世の刻限になってもお小夜は戻ってこなかった。宇右衛門さん方もお小夜のことは気にしていたのですが、夜見世が始まってどこも禿ひとりのことなど気にも留めなかった。十四になったばかり、猫を探しているうちに夢中になって刻限を忘れたかもしれないとたれもが考えていた矢先、水道尻《すいどじり》の溝にお小夜の死体が浮かんでいたのを火ノ番小屋の若い衆が見つけて大騒ぎになりました。そのかたわらに、姿を消していた猫も浮かんでいたとか」
「猫の亡骸を見つけて溝に落ち、溺《おぼ》れたということはございませせぬな」
「溺れるほどの深さもございません。お小夜の体を抱えて溝の水に顔を浸け、息をできなくして殺《あや》めたのです。われらの見立ても医師の診断も一致しておりまです」

「四郎兵衛どの、白鶴太夫の落籍に関わる殺しとみてようございますか」

「お小夜は禿です、まだ人に恨《うら》まれるほど吉原に馴染んでもいません。となると、白鶴太夫に対する嫌がらせの一つと考えたほうがすっきりいたします」

磐音は十四歳になったばかりで命を絶たれた娘の境涯を思い、お小夜の亡骸を見た。

「白鶴太夫は承知なのですか」

宇右衛門が、

「勘のよい太夫です、お小夜が夜見世の刻限に戻ってこぬときから、お小夜になにかあったらすぐに知らせてくんなまし、と頼まれておりました。そこで私が、死んだことだけは知らせました」

「太夫は座敷を休まれているのですか」

「いえ、私からそのことを知らされた当初は驚愕《きょうがく》しておりましたが、取り乱すこともなく、新造《しんぞう》や番新《ばんしん》（番頭新造）や朋輩の禿にはなにも知らせてくれるなと私に願った後は、座敷に戻っていつもの務めについております」

磐音は頷くと四郎兵衛に、

「これまでの嫌がらせとは事情が違います。どうなされますか」

「私どもはお小夜殺しをなんとしても究明せねばなりませぬ。吉原の女郎を、太夫であれ、禿であれ、守るべき務めを負わされておりますからな」

と答えた四郎兵衛が、

「白鶴落籍に関してお小夜が殺されたと、仮に推量しましょうか。白鶴の客を調べましたが、このような陰湿な殺しをする客は一人として見当たらぬのです。私どもが見当違いをしているか、なにかを見落としているか」

今をときめく全盛の白鶴太夫の客だけに吉原にとっても上客中の上客のはず、それなりの身分の者と推量された。それだけに四郎兵衛の口調には、探索が難航している様子があった。

「四郎兵衛どの、宇右衛門どの、過日、吉原から戻る折り、浮世絵師の北尾重政どのと衣紋坂の蕎麦屋で会い、酒を酌み交わし、その帰りに絵師どのを聖天町の長屋まで送っていこうとしました。その道中、われら、西方寺の塀道で襲われました。この者は、奉行所の世話になったのは一度や二度ではあるまいと思われる渡世人風の男でございました。さらには昨晩も、両国橋上でなかなかの腕前の剣客に襲撃されました。それがし、度々襲われる覚えがこの一件以外見当たりませぬ」

磐音の言葉に四郎兵衛が目を剝《む》いた。

宇右衛門は呆然としていた。

「私どもが考える以上に、白鶴太夫への恨みは深いようですな」

四郎兵衛が呻いた。

「坂崎様、白鶴への嫌がらせは、お小夜殺しでは終わりませぬか」

「始まりにございます、宇右衛門どの」

磐音は正直な気持ちを告げた。

「なんとしたこと」

宇右衛門が四郎兵衛を見た。

「宇右衛門さん、私どもも肚を括って客を調べる時がきた。もはや猶予は許されぬ」

宇右衛門が頷き、四郎兵衛が、

「坂崎様の身柄、この四郎兵衛に当分お預けくださらぬか」

「白鶴太夫が無事に吉原を出るまでですね」

「いかにも」

「承知いたしました。以後、いかようにも御用を命じてくだされ」

磐音の即答に吉原会所の頭取が頷いた。

第四章　四人の容疑者

一

坂崎磐音の姿が金兵衛長屋からも今津屋周辺からも宮戸川からも見られなくなって数日が過ぎた。

長屋ではおたねたちが、

「まただれかに頼まれて急ぎ旅にでも出たのかねえ」

と噂し、宮戸川では松吉が、

「土用の鰻が過ぎたらよ、糸の切れた凧《たこ》だ。また行方を晦《くら》ましたぜ。坂崎の旦那、どこへ行ったかねえ」

と呟いたが、次平も幸吉も答えなかった。

だれもがなんとなく、他人様の頼まれ事に走り回っているものと思っていた。金兵衛も鉄五郎もなにも触れようとはしなかったからだ。

　今津屋ではおこんが磐音の存在などなかったように、吉右衛門の祝言に向けての仕度、畳替えや障子襖の張替えを出入りの親方に頼み、仕出しの料理を吟味し、呉服屋を呼んでは婚礼に着る吉右衛門の継裃の仕立てを願ったりしていた。

　そんな様々な人に複雑な思いを抱かせる当人は、吉原会所の一室で寝起きし、若い衆に従い、丁子屋周辺の見回りに出たりしていた。すると引手茶屋の女将《おかみ》や番頭が、

「おや、会所は男衆《おとこし》を新しく入れなすったか」

と訊くことがあった。

　磐音が町人髷に結い直し、着流しの上に会所の半纏を纏っていたからだ。むろん腰に大小はなかった。

「女将さん、本雇いをするかどうか試しに働いてもらっているのさ。磐吉《いわきち》というんだ、よろしくな」

　などと長半纏を着た手代の竹造《たけぞう》が紹介した。

　そんなとき、磐吉に身を窶《やつ》した磐音は、ただぺこりと頭を下げた。

吉原の夜見世は四つ（午後十時）まで、それが幕府の命だった。それでは吉原は商いにならない。そこでお目こぼしを願い、九つ（夜十二時）近くまで待って拍子木《ひょうしぎ》を打った。これを引け四つと称した。これで商いの刻限が一刻（二時間）ほど延びたことになる。引け四つの後、すぐに真正の九つの拍子木が鳴り、床入りの刻限を迎えるのだ。

引け四つ、九つと立て続けに時を知らせる拍子木が鳴らされ、御免色里の不夜城も眠りに就いた。

竹造らはそれからが神経を張り詰めて丁子屋の様子を見張らなければならない。八つ（午前二時）過ぎ、丁子屋の番頭が格子窓に何事もないことを知らせる合図の白手拭いを出すとようやく、警護にあたる若い衆は会所に引き上げた。

抱え主、宇右衛門は、金の卵の白鶴太夫の座敷の様子を奉公人全員に見張るよう指示していた。

会所では若い衆が座敷に夜具を敷き並べてのごろ寝だ。

磐音は一刻ほど眠り、大門が開けられる寅《とら》（午前四時）の刻限にそっと木刀を手にすると大門を出た。

五十間道の茶屋町の裏手に大銀杏《おおいちょう》の立つ空き地があり、独り稽古の場所に定めていた。

もやもやとした気分を吹き飛ばすように無心に木刀の素振《すぶ》りをして、直心影流《じきしんかげ》の形を丁寧になぞった。

一刻ほど続けるとびっしょり汗をかく。吉原周辺の入会地《いりあいち》や田圃《たんぼ》に出る百姓衆の姿を見かける頃合い、稽古をやめた磐音は磐吉として会所に戻った。

木刀を手拭いと鑑札に持ち替えて、江戸町一丁目裏にある湯屋に行き、朝湯に浸かるのが、吉原に暮らし始めてからの磐音の楽しみになっていた。

遊女数千人を支えるための、本屋、質屋、青物屋、魚屋といった商人《あきんど》から左官、大工などの職人衆、さらには幇間《ほうかん》までもが、表通りを一本奥へ入ったところに犇《ひし》めき合って暮らしていた。そんな吉原で住み暮らす人々のために、何軒かの湯屋も他の町内の湯屋と同じように営業をしていた。

磐吉は吉原会所の鑑札を番台に示して脱衣場に上がった。

吉原の自治と安全に奉仕する会所の若い衆は、各湯屋にただで入る特権が与えられていた。

吉原の湯屋は町内のそれと造りはほぼ同じだが、さすがに湯上がりに将棋を指したり、茶を飲んで談笑したりする二階はない。

洗い場で体の汗と汚れを流した磐音が石榴口《ざくろぐち》を潜《くぐ》ると、年寄りが一人湯船に浸かっていた。

「磐吉さん、お早うさん」

夜番を勤め終えた年寄りが声をかけてきた。会うのは二度目で、磐吉と名を覚えていてくれた。

「万次《まんじ》さんもご苦労さんでしたな」

磐吉も気軽に応じて湯船に浸かった。湯船から、

ざあっ

と湯が零れた。

「丁子屋の禿《かむろ》が水道尻で殺されたってな」

「へえっ」

「会所のおまえさん方もおちおち眠れねえな。なんぞ手がかりはあったかえ」

「四郎兵衛様以下、わっしらも必死で探索しているんですがね、殺しの現場を見た者がいないんで、苦労してまさあ」

「そんな暢気《のんき》なことでどうする。丁子屋じゃあ、次はだれの番だなんて噂が流れているそうだぜ」

「そんな噂が流れてますので」

おおっ、と答えた老夜番の万次が、

「殺された禿は白鶴太夫の禿というじゃないか」

「へえっ」

「白鶴の落籍が決まって急に騒がしくなりやがった。こいつは嫌がらせだねえ」

と言い切った。

「嫌がらせにしては、幼い禿を手にかけるなどちと乱暴すぎますさあ」

「そこだ」

「白鶴太夫は嫌がらせを受けるほど、人望がなかったんですかねえ」

「磐吉さんはまだ素人《しろうと》だねえ。位人臣を極めた全盛の太夫だぜ。見識教養はいうに及ばず、人柄がよくて客あしらいがよくなくちゃあ、太夫の頂点に立てるものかね。確かに太夫は通ってくる客同士を競わせるように仕向ける。だがね、恨みや不満を残して大門を出させるようじゃ一人前の太夫とはいえねえや。白鶴太夫は歴代の太夫でも群を抜いた遊女だぜ。客に恨みを買う真似《まね》はしてねえし、朋輩衆の評判も滅法いいや」

「客に恨みを買うはずもない白鶴太夫だ。わっしらもその点で行き詰まって苦労してますのさ」

「だからさ、頓珍漢《とんちんかん》の方面を探ってるんじゃねえのかい」

「わっしは新入りだ、どこが頓珍漢かさっぱり分からねえ」

「頼りないねえ、磐吉さんはよ」

苦笑いした磐音が、

「万次さんならどこから手を付けるね」

「夜番に会所が知恵を貸せってか」

と万次が苦笑いした。すると前歯が何本も抜けているため、舌先がちろちろと見えた。

「磐吉さん、白鶴の落籍を一番喜ぶのはだれだえ」

「そりゃあ、お大尽でしょう」

「そんなことは当たり前だ」

「なら抱え主の宇右衛門様かな、身請けの金が懐に入るからね」

「白鶴太夫が丁子屋に残ってくれたとしたら、その何倍も稼いだかもしれませんぜ」

「となると分からねえな」

「女郎衆だな」

「わが身に白鶴太夫のような幸運が回ってくると喜ぶってわけだね」

「おめえさん、どうかしてるぜ。売れっ子の白鶴太夫が吉原を出れば、お大尽の客が他の遊女に散るんだぜ。自分のところに来るかもしれねえや。なにより確実に『吉原細見』の位が一枚上がらあ」

「そうか、女郎衆は喜ぶのか」

「だがな、そう簡単に割り切れねえのが人間の気持ちだ。白鶴太夫の落籍を陰で妬んでいる女郎もいるかもしれねえや」

「いますか」

「落籍ってのは、おめえさんが考える以上に万に一つの幸運だ。となれば喜ぶ者ばかりじゃあるめえ」

「妬む者とは、だれです」

「それを調べるのが会所の仕事だ」

「違えねえ」

「しっかりしねえ、磐吉さん。こいつは間違いなく遊女の恨みがどこかで関わっているぜ」

吉原の夜番を何十年も続けてきた万次爺《じい》さんが言い切った。

会所に戻ったが、若い衆はまだ仮寝の最中だ。どうしたものかと迷っていると奥で人の気配がして、四郎兵衛が姿を見せた。

「坂崎様が起きておられるって聞いたんで、覗きに来ました。朝餉を一緒にどうですか」

四郎兵衛は会所の台所に磐音を連れていった。台所には女衆《おんなし》の姿はなかったし、板の間には若い衆の箱膳だけが並んでいる。

天井の格子から板の間に、薄ぼんやりとした光が射《さ》し込んでいた。

会所の三度三度の飯は隣の引手茶屋の台所が引き受けていた。すでに四郎兵衛が願ったのか、女衆が茶と梅干を運んできた。

「お頭取《かしら》、お早うございます」

「お早うさん」

磐吉も黙礼した。

「お頭取、ただ今膳を持って参ります」

「願おうか」

女衆の姿がいったん消えると四郎兵衛が、

「坂崎様、白鶴の馴染み客すべてにあたったが芳しくありません。こちらの線からは怪しい人物は浮かんでこないのです」

「苦労なされましたな」

「名立たる豪商に大身旗本ばかりで、気を遣いました。こたびの落籍話、残念に思うておられる馴染みは何人もおられました。だが、目出度き話と祝儀さえ白鶴に届けるような客です。さすがは江戸の通人、遊びを心得ておられる。禿まで殺す命を下した人物が馴染みの中にいるとはとても思えないのです」

「となると今一度、十八大通の線に戻ることになりますか」

磐音の頭には、十八大通の一人にして友人の甫周《ほしゅう》こと桂川国瑞《かつらがわくにあきら》の顔が浮かんでいた。

「その線も調べ直しました。だが、こちらも出てこない」

四郎兵衛が抜かりなく調べたと言い、

「八方塞がり、ちょいと考えあぐねているところです」

と正直に苦衷《くちゅう》を吐露した。

磐音は思わず湯屋で交わした夜番の話を披露した。

「万次がそのようなことを申しましたか。妬んでいる女郎が陰で一枚嚙んでいるとねえ……」

四郎兵衛がしばし腕組みをして考え込んだ。

「私どもは吉原《なか》の者です。なんぞ悪いことをする者をつい遊里の外の者と決め付けていたのかもしれない。万次の言うとおり、黒幕も意外と手近に潜んでいるかもしれませんね」

と呟いた四郎兵衛が、

「今一度、宇右衛門さんに会ってみよう」

と自分に言い聞かせるように言った。

そのとき、味噌汁の香が漂い、膳が運ばれてきた。


竹造らが起きてきた後、磐音は独り仲之町の奥へと向かった。

禿のお小夜が殺された現場を見ておこうと思ったからだ。客を見送った遊女は二度寝の最中、吉原じゅうが静まり返っていた。

吉原は京間東西百八十間、南北百三十五間、総坪数二万七百六十余坪の閉鎖された、

「町」だった。ただ一つの出入口の大門は北に面して建てられ、そこから仲之町が南に一直線に貫き通っていた。

そのどんづまりを水道尻と呼び、秋葉権現が祭られ、例年十一月の十七、十八日の両日には祭礼があった。尻とは、河岸《かし》と同じように吉原の小字《こあざ》のことである。

水道尻には二十五軒の下等な遊女屋があって天神河岸とも称されていた。

また水道尻は、高塀の下を潜って外の鉄漿溝《おはぐろどぶ》へと吉原で使う暮らしの水を流していた。むろんこの溝にも鉄格子《てつごうし》が嵌《は》められ、遊女が外へ逃げ出すのを防いでいた。

お小夜は深さ一尺にも満たない汚水が流れる溝の中にうつ伏せに倒れていたという。まだ朝の間のこと、水道尻に人影はなかった。

お小夜は猫を見つけに歩いていてこの水道尻で危難に遭ったのだ。相手は最初から辺りに人影がなくなるのを見計らっていたか、一瞬の凶行と思えた。

(それにしてもたれが、無垢《むく》な禿のお小夜を溝水に浸けて水死させたのか)

磐音が考えに耽《ふけ》っていると背に人が立った。振り向くと、すでに煙がくゆる線香を手にした素顔の遊女が立っていた。

磐音が言葉を失うほどに透き通った肌理《きめ》の美形であり、聡明な顔立ちをしていた。

「会所の半纏を着ておいでだが、新しく雇われた若い衆でありんすか」

「はっ、それがし、いや、わっしは磐吉と申す駆け出しにございます」

しばらく考えていた相手の顔に嫣然たる笑みが浮かんだ。

「そなた様は」

「高尾《たかお》にありんす」

吉原を代表する太夫の三浦屋高尾だった。仮にも吉原会所の若い衆が吉原の頂点に立つ三浦屋高尾を知らぬでは非礼の極み、義理も欠く。

「知らぬこととはいえ、申し訳ないことにございます。太夫、許してくんねえ」

「慣れぬ言葉遣いには、互いに苦労でありんすな」

「太夫、慣れぬ言葉遣いとはなんですね」

「白鶴様の禿殺しを探索なさっておられる面番所のお役人様とも思えませぬ。お武家様、本名をお名乗りなされませ」

磐音は言葉に窮した。が、即座に覚悟を決めた。

「いかにも、会所の半纏は仮の姿にござる。それがし、坂崎磐音と申す」

「坂崎様」

高尾は白い肌の顔を傾げて考えた。

「吉原雀の噂に聞いたことがありんす。白鶴様には許婚のお武家様がおられたとか。またこうも聞きました。そのお方は白鶴様の幸せを願って陰ながらお守りしておられるとも。坂崎様、そなたが噂の主でありんすな」

三浦屋高尾の正視に磐音は嘘をつけなかった。

「噂がどのようなものか存じませぬが、それがし、小林奈緒と呼ばれた女性《にょしょう》と許婚の時代もござった」

「やはりそうでありんしたか」

「太夫、線香が燃え尽きます」

頷いた高尾が優雅な身のこなしで水道尻の溝の石垣の上に線香を横たえ、合掌した。

磐音もそのかたわらで手を合わせた。

立ち上がった高尾が磐音を見た。

「白鶴様の落籍話は承知でありんすな」

磐音は頷く。

「丁子屋様に奇っ怪な騒ぎが続いていると聞いてもおります。この禿の死は、それと関わりがありんすか」

「そのことを恐れております」

「なんとのう」

と呟いた高尾が、

「坂崎様は、四郎兵衛様とご一緒にこの一件を探索なされておられるのでありんすな」

「いかにも」

と答えた磐音は、

「それがし、丁子屋にこれ以上の危難が降りかかることを止めたい。白鶴太夫を無事に吉原から出しとうござる」

「別の男のもとへ嫁に行かれるのですよ。坂崎様はそれを守りたいと申されるのでありんすか」

「はい」

「そなた、なぜ、白鶴様、いや小林奈緒様と別れられた」

「われら、別々の道を歩む宿命《さだめ》を負わされたのでござる」

「白鶴様は、そなたが陰から見守っておられることを承知でありんすか」

「知らせた覚えはござらぬ」

「好いた惚れたの男と女、百組いれば百通りの道が生じると、この吉原で教えられました。じゃが、坂崎様と白鶴様が選ばれた道は、わちきも知らぬ険しい道にありんすなあ」

と詠嘆した高尾が、

「坂崎様、十四で散ったお小夜の仇《あだ》、とってくんなまし」

「そのために水道尻に立ってはみたものの、糸口がつかめぬ」

「坂崎様、男と女の絡み合った糸よりも、女の妬みが何十倍も深く、重うありんす」

「女の妬みとな」

磐音が呟くように言うと高尾が、

「女の妬みは時を超えて襲いきます。白鶴様が吉原乗込みをなされる以前の丁子屋をお調べなされ」

高尾はそう言い残すと水道尻から去っていった。

二

三浦屋高尾から示唆《しさ》された白鶴乗込み以前の丁子屋を調べよという言葉は、すぐさま四郎兵衛に伝えられた。

「あの高尾がそのようなことを洩らしましたか」

「不都合でございましたか」

「いえね、座敷の外では無口な高尾が、初対面の坂崎様にようも心を開いたと驚いております」

「お小夜の霊が力を貸してくれたのでしょう」

「いや」

と言い、しばし考えた四郎兵衛が、

「三浦屋高尾が坂崎様に関心を抱いたということにございますよ。この吉原で、三浦屋高尾と白鶴という二人の太夫に好かれた男《おのこ》など、四郎兵衛、聞いたこともございません。坂崎様というお方は……」

と言葉を途中で呑み込んだ四郎兵衛が立ち上がり、

「早速調べます」

と座敷を出ていった。

磐音は会所で四郎兵衛の帰りを待った。

会所の若い衆はすでに丁子屋を見張るために出払っていた。

昼餉の刻限がきたが、ひっそりとして会所に人が戻ってくる気配もない。

磐音はその存在が忘れられたように、ただ待った。

表の仲之町から昼見世の始まる気配と客のざわめきが伝わってきた。

会所に孤独な時がゆるゆると流れていく。

七つ（午後四時）過ぎ、いったん仲之町から人の気配が消えて、一刻が過ぎ、夜の張見世が始まる調べの、清掻《すががき》が流れてきた。

そのとき、ふいに会所に人の気配が戻ってきた。

「おや、坂崎様で」

会所の手代の竹造が顔にうっすらと汗を光らせて戻ってきた。

「竹造どの、なんぞ異変でも生じたか」

「白鶴太夫が仲之町張りのために道中を組もうとしたらさ、使いに出した見世番の繁三郎《しげさぶろう》がまだ戻らないというんで、大慌てで箱提灯《はこぢょうちん》持ちの代役だ。ただの箱提灯持ちと思われましょうが、外八文字を踏んで進む花魁道中を先導する箱提灯持ちにも、独特の間と動きがございましてね。さあ、おめえが代われと命じられても簡単にはできないことなんで」

花魁道中の先導役の箱提灯持ちは見世番と呼ばれた。

「繁三郎は吉原の外に使いに出されたのですか」

「浅草寺門前町までと聞いております」

「繁三郎は今宵、花魁道中が行われ、提灯持ちを自分が務めることは承知でしょうね」

「そりゃあもう。なんたって白鶴の花魁道中はこの月で見納めだ。繁三郎だって他人の手を煩《わずら》わそうなんて考えちゃいませんぜ」

「ちと気になるな」

竹造が磐音の顔を見た。

「吉原《なか》の外と聞いて気にも留めませんでしたがねえ。ちょいと丁子屋まで戻ってきまさあ」

と竹造が踵《きびす》を返そうとしたとき、会所の表に人が立った気配がして、

「だれかいませんか」

とどことなく切迫した声が響いた。

「へえっ、ただ今」

と竹造が廊下を表口へと向かい、磐音も従った。

広土間に引手茶屋の若い衆と思える男が立っていた。

「手代さんよ、わっしは五十間道の引手茶屋花月楼の奉公人だがよ」

「達《たつ》つぁん、承知之助だ」

とおっかぶせるように応じた竹造に頷き返した達つぁんが、

「ちょいと使いに西仲町まで浅草田圃を往復したんだが、引手茶屋春華楼の裏を流れる土橋下にさ、丁子屋の名入りの法被《はっぴ》を着た若い衆が、どてっ腹を刺されて投げ込まれてるぜ」

「なんだって！」

「お、おれじゃねえよ、そんな無体なことをしのけたのはよ」

竹造の余りの剣幕に若い衆が顔の前で手をひらひらと横に振った。

「達つぁん、そうじゃねえ」

と答えた竹造が、

「坂崎様、わっしはお頭取に知らせます。灯りをもって達つぁんと先に現場に走ってくだせえ」

と命じた。

「心得た」

竹造も磐音も、磐音が磐吉という会所の若い衆に扮《ふん》していることすら忘れていた。

「案内《あない》してくれぬか」

「へえっ」

と達つぁんが応じ、三人は会所の前で左右に別れた。

七月に入り、仲之町の茶屋は軒に名妓玉菊《たまぎく》を追悼する提灯を赤々と点していた。それは七夕《たなばた》祭り、草市、盂蘭盆会《うらぼんえ》と続く七月中、点し続けられるのだ。

磐音は達つぁんと呼ばれた若い衆に従い、玉菊燈籠《どうろう》の飾られた待合ノ辻、大門の人込みを分けると、五十間道に沿って軒を連ねる引手茶屋の路地へと飛び込んだ。

急に賑わいが消えて、暗がりと秋の冷気が二人を包み、磐音の昂《たかぶ》った興奮を冷ました。

外茶屋の裏手には町屋や小店や裏長屋が薄く連なり、その外側には浅草田圃が薄闇《うすやみ》に沈んで広がっていた。遠く灯りがちらちらするのは、浅草寺の裏手から田圃を斜めに突っ切り、五十間道に出ようという遊客だろう。

日本堤を行くと知り合いに会うというので、わざわざ暗い浅草田圃を選ぶ遊び人もいたのだ。

達つぁんは、磐音が不案内の路地から路地を伝い、引手茶屋春華楼の裏手に一旦導いた。二人は再び五十間道の賑わいがかすかに伝わる一帯に戻っていた。

茶屋は黒板塀に囲まれ、敷地の奥に建つ茶屋の二階からわずかに光が零れて磐音たちを照らした。

「ここが春華楼だ。おれがさ、最前通ったときにはまだ陽が残っていたんだよ」

達つぁんは別の路地を通り、新たに浅草田圃へと導いた。再び二人は田圃を吹き抜ける風を肌に感じた。

「ようもそなた、腹を刺されていたと見てとったな」

磐音は先ほどから感じていた疑問を訊いた。

町人姿で侍言葉を使う磐音を怪しもうともせず、達つぁんは、

「見れば分かるさ。この先の土橋下だぜ。ほれ、しっかりと照らしなせえ」

達つぁんの指示に従い、磐音は会所の名入りの提灯を細い流れに突き出した。

五十間道の茶屋などが流す溝が浅草田圃との境を流れる小川に注ぎ、その小川は山谷堀へと流れ込んでいた。

提灯の灯りが流れて、

「その辺りだぜ」

と達つぁんがさらに指示した。

「あれだ、見てみねえ」

半身を水に浸し、上体を土橋の杭に凭《もた》せかけた男が光の中に見えた。

その顔には驚きの表情が浮かんでいた。半纏には丁子屋の名が入り、はだけた腹に匕首《あいくち》が深々と突き立って柄だけが見えた。

「だれだって、どてっ腹を刺されたって分からあ」

「そなた、この者の名が分からぬか」

灯りに照らされた顔をおずおずと覗き込んでいた達つぁんが、

「白鶴太夫の箱提灯持ちだな。だが、名前までは知らねえや」

と答えた。

磐音は達つぁんに提灯を渡すと草履を脱ぎ捨て、裾を絡げて土手から細流に下りた。土手までは磐音の身丈より高かった。水深は膝下まででも川底は足首まで泥で埋まった。

繁三郎は手首に信玄袋を結わえつけていた。

「灯りを貸してくれ」

磐音は達つぁんから提灯を受け取った。それを死体の顔に向けた。顔には驚きを留めていたが、恐怖、苦悶《くもん》の様子はない。それは一瞬の凶行だったことを示しているように思えた。

足音が響いた。

「坂崎様、こちらで」

四郎兵衛の声が上でした。

「流れの中にござる」

磐音は提灯を差し上げて示した。

四郎兵衛、竹造、宇右衛門らの顔が灯りに次々に浮かんだ。

磐音が土橋下の杭へと灯りを戻すと、宇右衛門の口から、

「し、繁三郎!」

という悲鳴が上がった。

「繁三郎どのに間違いござらぬか」

「太夫の若い衆に間違いようもございませんよ」

宇右衛門の声は一気に虚脱して聞こえた。

流れの中に飛び下りてきた者がいた。磬音の手伝いに下りてきた若い衆の仁吉だ。

磬音は提灯を仁吉に預け、

「傷口を照らしてくれぬか」

と注文をつけた。

「へえっ」

仁吉の手が差し出され、提灯が繁三郎の顔、一尺ばかりのところに近付けられた。

白木の柄《つか》が見えた。

匕首の柄は刀の白鞘《しろざや》と同様、普通楕円に削った白木に嵌め込まれる。或いは楕円の柄や鞘に面取りして多角形にかたちを整えるものもあった。

繁三郎を死に至らしめた匕首は楕円だが、右手の親指がかかる柄元に力がより加わるように凹みをつけてあった。持ち主が削ったものだ。

磬音には見覚えのある匕首だった。

「四郎兵衛どの、匕首を抜いてよいか。それともそちらに上げてからのほうがよいか」

「坂崎様、土手に上げてくだせえ」

「相分かった」

仁吉が橋上に提灯を渡し、磐音を手伝って繁三郎の体を土橋下から引き出して土手上に抱え上げた。繁三郎の衣服から血の染みた水がざあざあと、磐音と仁吉の顔や体にかかった。

「よし、摑んだぜ」

竹造らが繁三郎の体を摑み、磐音たちの手から重みが消えた。

「仁吉どの、それがしの肩に乗って先へ上がられよ」

細身で小柄の仁吉に屈めた肩を差し出した。

「お武家様の肩に乗れるものか」

「構わぬ、遠慮している場合ではない」

「へえっ」

と答えた仁吉が磐音の肩に足をかけて土手に這い上がった。

磐音は長身を利して杭に足をかけ、上体を這い上げると、腕を仁吉たちにとられて引き上げられた。

　繁三郎の体は土手道に横たえられていた。

「坂崎様、お好きなように検視なせえ」

　四郎兵衛が許し、磐音が片膝を突いて繁三郎のかたわらに座し、手拭いを匕首の柄に巻いた。

　柄元まで刺さり込んでいた匕首をゆっくりと抜いた。腹部から胸部へ突き上げて刺さり込み、切っ先が心ノ臓に達しているように思えた。

　容赦《ようしゃ》なき一撃だ。

　磐音は切っ先を確かめた。

　魳《かます》のように尖《とが》った切っ先には見覚えがあった。

「四郎兵衛どの、たれぞ、それがしの長屋まで使いに出してくれませんか。これと同じ匕首が長屋にとってあります」

「先に絵師の北尾さんと一緒に襲われなすったとき、野郎が落としていった匕首に似てますかえ」

「魳切っ先といい、この柄元の工夫といい、そっくりと思える」

「お頭取、わっしは六間堀の長屋は承知だ」

と仁吉が志願した。

「たれぞ、仁吉と単衣《ひとえ》を取り替えろ」

濡れた衣服を案じた四郎兵衛が他の若い衆と着替えを命じた。着替えの最中、磐音は、長屋のどこに手拭いに包まれた匕首があるか、仁吉に教えた。

「仁吉、会所の舟を使え」

「へえっ」

着替えを済ませた仁吉が疾風《はやて》のようにその場から消えた。

「これで白鶴の身近から二人の命が奪われた」

宇右衛門が呟いた。

「三人目を出してたまるものか」

四郎兵衛が歯軋《はぎし》りして言った。

どこからか戸板と筵が運ばれてきて、繁三郎の亡骸《なきがら》が横たえられ、竹造らの手でまず五十間道の番屋へ運ばれていった。大門前には遊客が出入りし、亡骸を運び込むには差し障りがあったからだ。

「竹造、番屋に運んだら面番所のお役人の検視を願え」

「へえっ」

と竹造が畏まった。

「宇右衛門さん、お役人の応対を願おうか」

「お頭取はどうなさる」

「坂崎様に先ほどからの調べをお伝えし、これからの探索の手順を決める」

「お頭取、三人目は御免ですよ」

宇右衛門の念押しに四郎兵衛が黙って頷いた。

「坂崎様、ちょいとお付き合いを」

四郎兵衛が濡れそぼった磐音を会所に連れ戻った。

「その格好では座敷にも上がれますまい」

と磐音を見た四郎兵衛が、

「今時分なら茶屋の内湯も空《す》いていよう」

と独り言のように言うと、磐音を会所の裏口から人ひとりがようやく通れるような路地伝いに、会所の隣、七軒茶屋と呼ばれる七軒の引手茶屋でも筆頭の、藤木楼の裏口へと案内した。

「湯を借りる」

台所にいた女衆に断ると、茶屋の裏庭へと磐音を連れていった。

吉原に通う上客はいきなり妓楼に上がるようなことはない。馴染みの茶屋にまず立ち寄り、武士ならば大小から財布まで預けて、女将《おかみ》や番頭に案内され、妓楼に向かう。一夜の遊び代はすべて茶屋で精算され、遊女の前で金子をやりとりするような野暮はしないものだ。遊びを終えた客は再び茶屋に戻り、朝湯に浸かり、朝餉を食して、大門を出ることになる。

引手茶屋は遊びの指南所であり、拠点であった。

客が一夜の遊びの疲れを洗い清める内湯だ。それなりに広く、造作も立派だった。

磐音は濡れそぼった衣服を釜場《かまば》で脱ぎ捨て、湯に入った。

かけ湯を何杯も肩から浴びて、溝の臭《にお》いを洗い流した。

湯船に浸かって、ふうっ、と息を吐いたとき、四郎兵衛が裸で湯に入ってきた。

二人が浸かったため、ざあっと湯が零れた。

「坂崎様、三浦屋高尾の言葉でようやく相手の尻尾《しっぽ》を摑まえたようです」

四郎兵衛は内密の話をするのに茶屋の内湯を選んだのだ。

「白鶴太夫を妬む遊女が見付かりましたか」

「見付かりました」

と答えた四郎兵衛が両手で湯を掬《すく》い、顔をぶるぶると洗った。

「白鶴太夫を迎え入れる前には丁子屋は決して盛業とはいえませんでねえ、それまで米櫃《こめびつ》だった花魁雪乃丞《ゆきのじょう》が歳を取り、容色が急に衰えて客が減りました。宇右衛門さんと女将さんは次の米櫃をたれにするか悩み、何人か売り出そうとしましたが、帯に短し襷《たすき》に長しでどれもうまくいきませんでした。そのうち、客の質は下がる、売り上げは落ちるという按配《あんばい》でしてね、なにか手をと必死で考えていた折りです。前のお職、雪乃丞が遣《や》り手になり、本名のお柊《しゅう》に戻ってましてねえ。お柊と話し合い、妹の早乙女《さおとめ》を売り出そうと考えたのです。早乙女は振袖新造《ふりそでしんぞう》になったばかり、歳は十七でした。雪乃丞の妹ですから、見目、体付きともに申し分ない。宇右衛門さんと女将さんは最後の望みを早乙女に賭《か》けた。だが、この話、突然潰れました」

「ほう、どうしたことで」

「世間でも吉原でも、宇右衛門さんが小林奈緒様の評判に目が眩《くら》み、吉原に迎え入れ、白鶴太夫として派手に売り出したからだと考えられております。事実、丁子屋は白鶴太夫を大金で買い取るという賭けに出て、それが成功した。今では白鶴の買い取りにかけた何十倍もの儲けを稼ぎ出しています」

「雪乃丞と早乙女は未だ丁子屋にいるのですか」

「いえ、宇右衛門さんは姉と妹を京町二丁目の半籬《はんまがき》、夏扇楼に売ったのです。新規に抱える白鶴と姉妹が角突き合わせぬようにね」

「それを恨んでこたびの騒ぎが起こったのですか」

「そこまではまだ調べが進んでおりませぬ。だが、本名のお柊に戻った夏扇楼の遣り手の姉と、夏扇楼に売られて早乙女から雛菊《ひなぎく》と改名し、お職に昇りつめた妹が、どうやら関わっている様子が見られるのです」

「やはり廓内の者が関わっていましたか。さりながら、このように女郎の移籍は恨みや妬みを残すものですか」

「坂崎様、白鶴太夫はそんな事情も知らずに吉原に入ったのです。なんの恨みを受ける責めもございませぬ。それにな、先ほど宇右衛門さんと内密に話して分かったことがあるのです。宇右衛門さんが早乙女を丁子屋の花形女郎に育てあげるのを諦めたのは、白鶴の存在があったせいだけではないのですよ」

「ほう」

「振袖新造の早乙女には盗癖があったそうな。その当時、丁子屋で客や朋輩の金子がなくなったことが度々あり、宇右衛門さんは盗みの証《あかし》を見つけたそうです。

そこで姉妹だけを呼んで、もはやうちには置かれぬ。かといって、他楼に移り、盗みを繰り返すようだと、うちの名に関わると正直に話したそうな。すると姉のお柊が、妹には金輪際《こんりんざい》盗みなどさせぬから、内証で他楼に移してほしいという懇願の末、夏扇楼への移籍が決まったというのです。ですから、この事実を承知なのは限られた者だけです」

二人は湯船から上がった。すると茶屋の男衆が顔を覗かせ、

「会所に仁吉さんが戻られたそうです」

と知らせてきた。

「よし、今行く」

話は途中で終わった。

二人は脱衣場に上がり、乱れ籠《かご》に用意されていた浴衣《ゆかた》を手早く着た。

三

抜き身の匕首が二本、畳の上に並んでいた。

鮃切っ先、柄元の凹み、刃渡り九寸五分、全く同じであった。違いがあるとす

れば、一本の刃には繁三郎の血が残っていることくらいだろう。血糊《ちのり》のついていないほうは、金兵衛長屋の磐音の部屋に仁吉が取りに行ったものだ。

五十間道の番屋から手代の竹造らも戻ってきていて、繁三郎の亡骸は面番所の検視が済み次第、宇右衛門の檀那寺《だんなでら》に運ばれることが決まったと報告した。

「くそったれが」

四郎兵衛が吐き捨てた。

「竹造、夏扇楼を見張れ。念を押すこともないが、遣り手のお柊にも雛菊にも悟られちゃあならねえ」

「承知しました」

竹造に率いられ、若い衆が消えた。

しばし沈黙が続いた。

四郎兵衛が顔を手で撫《な》で、

「遣り手のお柊が丁子屋のお職時代、可愛がっていた中郎《ちゅうろう》が、未だ宇右衛門さんのもとで働いております。ちょいと頭の螺子《ねじ》が緩んだ、ひねくれ者の小勝《こかつ》という野郎です。丁子屋でいろいろと悪さをしのけたのは、恐らくこいつでしょう。むろんお柊から鼻薬を嗅がされたか、あるいは未だ水っけのあるお柊の体を与えられたか、そんなところでしょう」

と言った。

中郎とは妓楼の内外の掃除や雑用などを務める下男で、丁子屋ほどの大籬《おおまがき》には三、四人はいた。

「小勝は丁子屋の中郎の中でも古手でしてね、無理が利く。遊里《なか》の外でお柊と隠れて会うことくらいできます」

「お小夜を水死させたのは小勝であろうか」

「丁子屋でお小夜がいなくなった時分の、小勝の行動を調べさせました。お小夜が猫を探しに楼の外に出た時分は、二階の廊下を拭き掃除していたそうです。その後、お小夜の帰りが遅いというので男衆が捜しに出た折りには、その捜索の中に小勝も加わっています。一人で行動していたと申しますから、できないことはございますまい。だが、禿の殺しにまで手を染めるかどうか」

四郎兵衛は首を捻《ひね》った。

「とにかく小勝には見張りがついています。この次、野郎が遊里の外に出るようなときはぴたりと張り付きます」

四郎兵衛の視線が匕首にいった。

「小勝の歳、体付きはいかがですか」

「歳は四十二、小太りで見るからに鈍重そうな男ですよ。坂崎様を襲い、繁三郎を殺した匕首の持ち主とは違いましょう」

「お柊と雛菊の周りに危険な人物がおりましたか」

「お柊はこの吉原暮らしが十五、六年、雛菊にしても十四で禿に出て、お職に昇りつめて七年です。吉原の外にそう親しい知り合いがいるとも思えない。となると、雛菊の馴染み客しか思い当たりません」

四郎兵衛は懐から四つ折りにした紙を出し、磐音の前に広げた。

四人の名前、年齢、職業が書かれてあった。

青物市場多町問屋頭　潮屋栄太郎《うしおやえいたろう》　四十八
寄合《よりあい》旗本五百七十石　園部祐吉《そのべゆうきち》　三十四　神道無念《しんどうむねん》流免許持
蠟燭《ろうそく》問屋主　上総屋徳蔵《かずさやとくぞう》　五十
江戸無宿　光次郎《こうじろう》　三十前後

「どれもが雛菊の細身の体に骨抜きになっている連中です。雛菊に頼み込まれればそれくらいのことはしそうな面々ですが、まだ絞りきれてはいません」

四郎兵衛はだれもが決定的な裏付けに欠けると言った。

「一番臭そうな光次郎についちゃ、あまり分かっておりません。金には困ってない様子だそうで、博奕打《ばくち》ちか渡世人と思えますが、住まいも知れていません」

「体付きは」

「痩身で、体の動きもきびきびしている。あるいは坂崎様を襲ったのはこの光次郎かもしれない」

頷いた磐音は、

「ですが、白鶴太夫脅迫の黒幕とも思えませんね」

「そうですね」

と応じた四郎兵衛が、

「今晩、光次郎が雛菊のもとに揚がります」

と言い添えた。

「野郎が大門を潜るのは正四つ（午後十時）前、遊び人にしては律儀《りちぎ》に七つ（午前四時）には夏扇楼を出るそうです」

「明朝、それがしが光次郎を尾行しよう」

「たれかつけますか」

「もし光次郎が匕首の持ち主ならば、勘が鋭い男です。あまり大勢でないほうがよいかもしれません」

「坂崎様にお任せいたしましょう」

四郎兵衛が磐音の単独行動を許した。

「白鶴太夫は、見世番の繁三郎が殺されたことは承知なのですか」

「すでに夜見世が始まっていましたので、知らせてはいません。勘のいい花魁です、なにか異変があったと薄々は感じとっているかもしれません。ですが、座敷で乱れるようなことは決してございませんよ」

「あと二十日余りか」

磐音は思わず呟いた。

「長い二十日にございますよ」

「いかにも」

二人は黙り込んだ。

半刻（一時間）後、雛菊のもとへ上総屋徳蔵が揚がったという知らせが入った。

「光次郎に徳蔵、二人も馴染み客が重なるが、大丈夫なのであろうか」

「夏扇楼は丁子屋のように大見世ではございません。雛菊はうまいこと振袖新造の七草《ななくさ》をつかい、回しをとる気でございましょう。あるいは姉のお柊が酒の相手でもして間を取り持つか」

「回しとはどのようなことで」

「回しをご存じないか。一夜に二人三人と床を共にすることですよ」

「そのようなことがしばしばあるのですか」

四郎兵衛が磐音の顔をまじまじと見た。

「坂崎様とは吉原で何度もお会いしておりますので、つい、この世界に通暁なされた方と勘違いをしておりました。そうでしたな、坂崎様は白鶴太夫の陰の人、遊び慣れてはおられませんでしたな」

と奇妙な感心の仕方をした。

「それがし、至って不調法ゆえ相すまぬことです」

四郎兵衛が声も立てずに笑い、

「大籬の太夫は別にして、女郎が一晩に何人もの客をとるのは当たり前の世界です。稼いでこそ吉原の女郎の地位は上がるのです。ですが、坂崎様、それを客にはっきりと悟らせるようではいけない。客が回しと分かるような務めをするのは女郎の中でも下の下です」

磐音は白鶴もそのような厳しい世界を生き抜いてきたのかと、ふと思った。

「坂崎様、なんぞあれば起こします。少し横になってお休みください」

四郎兵衛に命じられ、磐音は会所の座敷で眠りに就いた。

起きたのは七つ前のことだ。

会所の板の間に出ると竹造らが夜回りから戻っていて、

「今晩は静かにございましたよ」

と報告した。

「光次郎の尾行の一件、お頭取から聞きました。上総屋徳蔵はわっしらが見張ります」

と言った竹造が、

「坂崎様、形《なり》はどうなさいますな」

と侍姿に戻るか、町人姿を通すかと訊いてきた。

「光次郎は遊び人だそうじゃ。それがしも同じ形にしよう」

頷いた竹造が、部屋の隅に用意していた棒縞《ぼうじま》の単衣を出した。その上には晒しと匕首も用意されていた。

磐音は浴衣を脱ぎ捨て下帯の上にきりりと晒しを巻き、匕首を呑んで、棒縞の単衣を着た。

会所の格子窓が薄く開けられると、仲之町から待合ノ辻、閉じられた大門が見えた。だが、すぐに大門が開かれ、一夜を共にした女郎に見送られた馴染みの客が姿を現し始め、それぞれに想いをこめた後朝《きぬぎぬ》の別れの光景を見せてくれた。

「坂崎様、あそこに来るのが雛菊と光次郎でさあ」

竹造は、玉菊燈籠が飾られた仲之町に肩を寄せ合い、姿を見せた男女を教えた。

雛菊はしなやかな体に小顔の花魁だった。

西方寺で磐音を襲った刺客と光次郎が同一人物かどうか、磐音は確信を持てなかった。

「竹造どの、光次郎が匕首の持ち主とは言いきれぬ。確かに体付きは似ておるように思えるがな」

「修羅場を潜ってきた手合いだ。坂崎様にご注意申し上げることもねえが、探索に焦りは禁物だ」

光次郎の秘めた迫力に気圧《けお》されたように言った。

「肝に銘じよう」

磐音は竹造に言い残すと会所の横手の戸から路地に出て、大門を抜けた。

大門前では帰りの客を拾おうといくつもの駕籠が待っていた。

磐音は駕籠の背後に身を隠して待った。

視線の先で雛菊と光次郎の手と手が触れ合い、なにかを言い残した光次郎が敏《びん》捷《しょう》さを感じさせる身のこなしで五十間道へと出てきた。

その間にも、吉原を後にする客が大門前で待つ駕籠に乗ったり、徒歩で日本堤へと上がっていった。

光次郎は裾を蹴り出すようなぱっぱっとした歩き方で衣紋坂へと上がっていく。

磐音も遊び疲れたという風情で光次郎の跡を尾行した。土手八丁まで上がるかと思えた光次郎は、ふいに引手茶屋が並ぶ路地へと姿を没した。

浅草田圃を突っ切り、浅草寺へと抜けるつもりか。

(厄介なことになったな)

磐音はそう考えたが、もはや止めるわけにはいかなかった。こちらの道は当然人の往来が少なかった。

光次郎は路地裏を熟知している様子ですたすたと、五十間道の裏手、薄靄《うすもや》が棚引く浅草田圃が広がるところに出た。

磐音は緊張した。

光次郎が、繁三郎の殺されていた土橋を渡ろうとしたからだ。だが、光次郎の歩みは変わることもなく、薄靄を蹴りつけるように歩いていく。

入会地の野良道を進んだ光次郎は、車善七《くるまぜんしち》が支配する浅草溜《だ》めの前を通り過ぎ、出羽本荘《ほんじょう》藩六郷家の下屋敷の方角へ曲がった。

磐音は半丁ばかり離れて、さも同じ方向へ歩いていくような格好で尾行を続けた。六郷屋敷から寺町の裏手に出た光次郎は南へ、浅草寺の北門の方角へ足を向けた。

大門を過ぎてからの光次郎の歩調は全く変わらない。その光次郎の姿が浅草寺の寺領に入って忽然《こつぜん》と消えた。

磐音は足の運びを変えることなく目で光次郎の姿を探し求めた。

辺りは奥山といわれる江戸随一の行楽地で、蠟細工の見世物小屋、水芸手妻《みずげいてづま》の小屋、楊弓場《ようきゅうば》、さらには水茶屋、団子屋、飴《あめ》屋など屋台が軒を連ね、昼間はさらに居合い抜きの大道芸、独楽《こま》回しを見物人が取り巻き、混み合う一帯だ。だが、朝もようやく明けた七つ半（午前五時）の頃合い、奥山は閑散としていた。

磐音は上方下りの女役者一座の小屋角を曲がった。するとそこに光次郎が半身に構え、片手を懐に差し込んで立っていた。

「おめえさん、おれに何の用事だえ」

眼光鋭く光次郎が迫った。

「いや、おれはただ奥山から門前町へと抜けようとしているだけだ」

「下手《へた》な言い訳はよしねえな。会所の者とも思えねえ」

そう呟くように言った光次郎が、いきなり懐手のまま磐音に突進してきた。

磐音は左足を後ろに引くと半身に構え、懐手の匕首の襲撃に備えようとした。

光次郎の懐から手が抜かれた。

素手だった。

磐音はそれを確かめると、
すいっ
と体を躱《かわ》した。

光次郎がそのかたわらを駆け抜け、
ふわり
と反転して構えた。すでに片手はまた懐に差し込まれていた。

「おめえは侍だな」

光次郎は、今度はゆっくりと懐から手を出した。そこには抜き身の出刃包丁が握られていた。

磐音が反対に手を懐に突っ込んだ。

光次郎の目に不審の色が漂った。

「おれは御用聞きに付け回される覚えはねえ。だが、しつこく纏わりつくようなら、身を守る術《すべ》を知らねえわけじゃねえ」

磐音はその言葉を聞くと懐から空手を出した。

「どうやら間違えたようだ、相すまぬ。許してくれ」

磐音は腰を折って詫びた。

「やはり侍かえ」

「光次郎どの、そなたの身許《みもと》はなんだな」

「おれかい。出刃打ちの光次郎だ」

「おおっ、こちらでお稼ぎか。それがし、坂崎磐音と申す」

「なにを間違えたというのだ、おめえさん」

「昨夜《ゆうべ》、丁子屋の見世番がな、そなたが最前渡ってきた五十間道裏の小川で、腹部から胸部を刺されて殺されたのが見付かった」

「見世番を殺したのがおれだというのか」

「すまぬ」

「そう素直に謝られちゃ、怒ることもできねえ。何時《いつ》のことだ」

「昨夜、おそらく暮れ六つ（午後六時）前後と思《おぼ》しい」

「出刃打ちの最中だ。仲間も、大勢の客もおれの出刃打ちを見ていた。無理な話だぜ」

「もう分かっておる」

「分からねえのは、なぜおれが睨まれたかだ。そいつを話すくらいの義理はあろうじゃねえか」

磐音はしばし沈思した。

「話そう。だが、聞いたことをたれにも話さぬと約定できるか」

「おめえさん、大甘だねえ。おれが、おおっ、話さねえと答えたところで、なんの証《あかし》になる」

「光次郎どの、それがし、人を見る目はあるつもりだ」

「驚いたぜ」

と光次郎が答え、

「そうおめえさんに真っ正直に答えられちゃあ、男の約定をするしかあるめえ。親にも女房にも話すめえ」

「そなた、女房持ちか」

「出刃を投げる的が女房だ」

「そなたが雛菊の馴染みゆえ、尾行した」

「それと、丁子屋の提灯持ちとの関わりはなんだ」

「白鶴太夫の落籍をそなた、承知か」

「吉原に通う者ならだれもが知ってるぜ」

「これまで白鶴太夫の禿、見世番と二人が殺された。さらに白鶴も脅しを受け続けている」

「そのことと雛菊が、関わりがあるというのか」

「雛菊は白鶴太夫が丁子屋に入る前、売り出そうとした新造だった。白鶴が丁子屋に入る前に姉のお柊とともに丁子屋を出され、夏扇楼に鞍替《くらが》えさせられた」

「その恨みで、遣り手と女郎の姉妹が、白鶴とその周りに手を出していると考えたか」

「はっきりとした裏付けはござらぬ。だが、会所もその線で調べている」

「坂崎さんといったかい。会所に肩入れするおめえさんは、いったい何者なんだい」

「それがしか」

磐音は言葉を詰まらせた。

「おれを殺し屋に見立てて尾《つ》け回したんだぜ」

「話す義理があると申すか」

「いかにもさよう」

「白鶴太夫にも前身はある」

「当たり前だ。女郎だって木の股《また》から生まれてくるものか」

「その昔、それがしの許婚であった」

「おめえさんが、全盛の白鶴の許婚だったたって！」

「藩騒動に絡み、白鶴の一家は禄《ろく》を離れ、父親の病気治療のため自ら望んで遊里に身を落とした」

「なぜ、白鶴を庇《かば》って一緒にならなかった」

光次郎が切りつけるように訊いた。

「それがし、上意討ちとは申せ、白鶴太夫の兄を、それがしの無二の友を、討ち果たした。われら、別々の道を歩む宿命にござった」

「だが、おめえは白鶴太夫を見守っている」

頷いた磐音は答えた。

「落籍したのは前田屋内蔵助と申される方じゃそうな。白鶴を無事に吉原の外に出したい、幸せな道を見つけてほしい、そう思うて会所に手助けしておる」

光次郎がまじまじと磐音の顔を見ていたが、

「おめえさんって人は……」

と言葉を途切らせた光次郎が、

「しばらく雛菊には近付くめえ」

「答えが出るのにそう長くはかからぬと思う」

と磐音も明言した。

四

会所に戻ると四郎兵衛がいた。

「おや、早いお帰りでしたな。湯に付き合ってもらえませぬか」

と磬音を湯に誘った。

四郎兵衛には朝湯の習慣もあったが、だれも邪魔の入らない湯屋で磬音の報告を聞きたかったのであろう。

磬音は黙って頷いた。

湯船に浸かると磬音は早速、出刃打ちの光次郎と対決した経緯《いきさつ》と問答の詳細を四郎兵衛に報告した。

「坂崎様らしい正面突破にございますな。たれも真似はできませぬ」

「四郎兵衛どの、光次郎どののほうがそれがしより一枚も二枚も上手でした。それがしにはああするしか手はなかったのです。ただ、光次郎どのが誑《たぶら》かしたとも思えません」

「浅草奥山の出刃打ち芸人ならば、調べればすぐに分かることです。となれば、そのような言を弄《ろう》して坂崎様を騙《だま》したとも思えませぬ。光次郎の言葉に間違いはございますまい。ご苦労にございました」

「なんの役にも立たずじまいでした」

「いえ、四人にかけられていた疑いが三人に絞られたのです。そう悲観したものでもない」

四郎兵衛はそう応じた。

蠟燭問屋の上総屋徳蔵を調べていた竹造が会所に戻ってきたのは昼過ぎのことだ。四郎兵衛に報告する場に磐音は同席した。

「上総屋には見張りを残してございます」

「なんぞ怪しい素振《そぶ》りがあったか」

「いえ、それで一度お頭取のお考えをと、わっしだけが戻ってきました」

と前置きした竹造が報告を始めた。

「光次郎を大門まで見送った雛菊が夏扇楼に戻ったとき、まだ徳蔵は居続けておりました。雛菊は徳蔵の床に入り、一刻（二時間）ほど過ごしております。どうやら徳蔵は先客の光次郎がいるのを承知していたらしく、雛菊の姉のお柊と酒を飲み、独りで寝に就いたようなんで」

「明け方、ようやく花魁と二人きりになれたか」

「へえっ」

「話の分かった旦那のようだな」

領いた竹造が、

「六つ過ぎ、雛菊と朝餉をともにした徳蔵は、二階の連中にそれなりの心付けを弾んで楼を出ると、大門前から駕籠を雇い、一気に室町の店まで戻りました。そして、すぐに仕事を始めた様子にございます。一晩吉原で遊んだという引け目など奉公人の前では微塵《みじん》も見せず堂々とした旦那ぶりでしてね、近所の評判もそこそこ悪くはない」

「身内はどうだ」

「年上の女房がおりますが、ただ今倅《せがれ》を連れて実家に戻っているそうです。このまんま離縁するかもしれねえ。つまりは独り身のようなものなんで。近所の噂だと、徳蔵が外で遊ぶのを番頭らが勧めているとのことです。跡継ぎの子を生《な》すためだって評判も立っております」

「雛菊に子を産ませて引き取ろうという話か」

「夏扇楼が承知かどうか、そんな噂なんで」

「徳蔵は五十にございましたな」

磐音が口を挟んだ。

「四人の中では最年長ですが、脂《あぶら》ぎった旦那でしてねえ。相手が若きゃあ子を作るくらい、難なくやり遂げましょうぜ」

と竹造が請《う》け合った。

「商いはどうだ」

再び四郎兵衛が問うた。

「蠟燭問屋です。小売店相手の商売で手堅いと評判です」

「全く悪い噂はないか」

「気になることがないわけではございませんが、こたびの一件と関わりがあるかどうか」

「なんだ、竹造」

「一年前のことでさあ。髭の意休こと浅草弾左衛門の御頭《おかしら》と灯心のことで揉めたとか」

浅草弾左衛門は、源頼朝公の御朱印で長吏《ちょうり》、座頭《ざとう》、舞舞《まいまい》、猿楽、陰陽師《おんみょうじ》、壁塗など二十九職を束ねる長老だ。

江戸幕府は弾左衛門に室町に拝領屋敷を与え、その支配下に陰の世界を形成させて、汚れ仕事を押し付けていた。

この弾左衛門に幕府が独占的に与えた権限がある。革の製造と売買、灯心の販売であった。

江戸時代、なめした革は太鼓から馬具、武具と用途が広かった。また灯心は御城から裏長屋の住人まで欠かせない日用消耗品だった。それだけに、弾左衛門にもたらされる利益は莫大《ばくだい》といえた。

「徳蔵は灯心を密かに扱い、販売していたのを、弾左衛門の支配下に見付かり、その後始末に苦労したようなんで」

「命があっただけでもめっけもんであったな」

「へえっ。近所では上総屋の金蔵の千両箱がだいぶ少なくなったといろいろ臆測《おくそく》が飛んだそうです」

「それが一年前か」

「へえっ」

「関わりがあるとも思えぬな」

「それなんで」

四郎兵衛と竹造の話し合いで、上総屋は継続して監視下に置かれることになった。

この日、磐音は角樽をさげて浅草奥山の出刃打ちを見物に行った。

木戸口で見物料を払い、筵掛けの小屋に入ると今しも光次郎の芸の最中で、振袖に袴を穿《は》いた女を戸板の前に立たせ、出刃の早打ちが行われていた。

女は光次郎の女房か、美形だった。

光次郎の飛ばす出刃は女の体すれすれに突き立った。

今朝方、光次郎が本気で出刃を懐から出して投げていたら、避《よ》けきれたかどうか。それを思って磬音は冷や汗が出た。

最後は戸板に括りつけられた女がぐるぐると回転させられ、回転する女目がけて光次郎が出刃を連続して擲《なげう》つ大技だった。

驚くべき飛び道具の技だった。

やんやの喝采《かっさい》の中、一場の芸が終わり、客たちが小屋を出ていった。舞台の光次郎らも楽屋へと引き上げ、なんとなく磬音だけが客席に残された。するとすぐに光次郎ひとりが笑いながら再び姿を見せた。

「坂崎さん、お調べに見えましたかえ」

「光次郎どの、そうではない。今朝方の失礼を詫びようと参ったのだ。気持ちばかりだが受け取ってはくれぬか」

磬音が角樽を差し出すと、

「坂崎さんは、神保小路の佐々木玲圓先生自慢の弟子だってねえ。おれの手が竦んだわけだ」

　と笑いかけた。

「光次郎は光次郎で磐音のことを調べたらしい。

「光次郎どの、そなたの技は尋常ではない。それがし、そなたが本気を出してい
たらと、先ほどから冷や汗を流しておる」

「ご冗談を。芸人殺すにゃあ刃物はいらぬ、嘘でもいいから褒め殺せってねえ」

「冗談などであろうか」

「聞いておきましょうか」

　と軽く受け流した光次郎が、

「有難く頂戴しますぜ」

　と角樽を受け取ってくれた。

「探索は進んでますかえ」

「蠟燭問屋の旦那を調べたが、こちらからも格別怪しい気配はないそうだ」

「上総屋にも疑いがかかってましたか」

　と答えた光次郎が、

「あと何人、疑いをかけられた男がいるんで」

と磐音に問うた。

「寄合旗本と青物市場の旦那の二人が残っておる」

「園部様と潮屋の旦那か」

「ようも承知だな」

「名前だけはね。雛菊は話し好きなんでさあ。ほんとうは相客のことなぞ喋っちゃいけねえんだろうが、あれこれと閨《ねや》で喋りやがる」

と答えた光次郎は、

「もっとも、おれのことも反対に他の馴染みに喋っているということだ」

と苦笑いした。

「光次郎どの、雛菊という花魁、丁子屋を追われた恨みを何年も持ち続けるような執念の女と思えるか」

「そこだ。おめえさんと別れてあれこれ考えた。だが、雛菊の気性からは、白鶴太夫に恨みを晴らすために周りの禿と見世番を殺していくというやり口がさ、どうにも結びつかねえ。ひょっとしたら会所はえれえ勘違いをしているんじゃあねえかと考えているところさ」

また新たな見物客が入ってくる気配があった。

「光次郎どの、とくとそなたの意見を考える」

「坂崎さん、今度はどこぞで一献やりましょうぜ」

「承知した」

磐音は入ってくる客に逆らい、表に出た。


吉原は静かに時が流れていった。

玉菊燈籠が飾られた七月七日の七夕祭りが終わり、盆を前にした十二日には仲之町で盂蘭盆会に供える草花や精霊棚《しょうりょうだな》の飾り物が売られた。さらに十三日は大門を閉ざして休みになった。

年に二度、正月と盆の吉原の休みだ。

その間に、雛菊の座敷に青物市場問屋頭の潮屋栄太郎が登楼した。そして、潮屋の周辺も探られたが、格別に怪しい筋は浮かばなかった。

日だけがゆるゆると過ぎていった。

探索が始まって以来吉原に姿を見せないのは、寄合旗本園部祐吉だけとなった。

この日、磐音は形を侍姿に戻し、夏羽織と袴姿で水戸家上屋敷裏、下富坂町の神道無念流の堀内源太左衛門永理《ながとし》道場の前に立った。竹刀《しない》の先に防具を入れた袋の紐を結わえつけて肩に担いでいた。

道場からは大勢の門弟たちが打ち込み稽古をする気配が伝わってきた。

園部祐吉が堀内道場の門弟で熱心に稽古に通っていることを、竹造らが調べてきた。

堀内道場は佐々木玲圓道場ほどの盛名はないにしても、道場界隈の旗本、大名家の家臣を大勢門弟に抱え、それなりに名の通った町道場であった。そこで磐音は神保小路に佐々木玲圓を訪ねて、堀内道場への出稽古の仲介をしていただけぬかと願った。

「御用か」

「はい。すでに二人の命が奪われた騒ぎの探索にございます」

正直な磐音の答えに玲圓が頷くと、

「堀内先生とは知らぬ仲ではない。紹介状を認《したた》めよう。だが、堀内先生に迷惑をかけるでないぞ」

と快く引き受けてくれた。

その紹介状を懐に、

「御免くだされ」

と声を張り上げた。

「どうれ」

という声がして、木刀を手にした門弟が応対に出てきた。

「入門希望者かな」

「いえ、出稽古を願いたく参上しました」

懐から玲圓の紹介状を出すと、

「堀内先生にお届けくだされ」

と頼んだ。

門弟は封書の裏を返して佐々木玲圓の名を確かめ、

「暫時お待ちを」

と言うと奥に引っ込んだ。

磐音は堀内道場に出向き、園部と手合わせしてみようと思い付いたのだ。

それは剣術の技量を知るためではない。無心に竹刀を交えれば園部祐吉の人柄が分かろうと考えてのことだ。

「お待たせいたした」

と先ほどの門弟が戻ってきて、

「先生のお許しが出ました」

と告げた。

「有難き幸せに存じます」

門弟に案内されて控え部屋に通り、稽古着に着替え、防具と竹刀を持参して、道場に通った。広さは百畳ほどか、堂々たる道場である。
七、八十人の門弟たちが稽古を中断して壁際に座していた。
磐音は見所《けんぞ》の前に連れていかれた。

堀内源太左衛門は初老にさしかかった剣術家で、口髭《くちひげ》に白いものが混じっていた。

「坂崎磐音と申します。本日は出稽古をお許しいただき、これに勝る喜びはございませぬ」

と挨拶した。首肯した堀内が、

「神保小路には居眠り剣法と異名をとる門弟がおると聞いておったが、まさかその当人がわが道場に出稽古に参られるとは、なんぞ魂胆がおありか」

と笑みを浮かべた顔で訊いた。

「堀内先生、それがし、井の中の蛙《かわず》にございますれば、大海を少しでも体験したく玲圓先生にお願い申しました」

「そう聞いておこうか」

と答えた堀内はしばし沈黙していたが、

「わが道場にとってもこれ以上の僥倖《ぎょうこう》はない。玲圓どのの秘蔵っ子が出稽古に参られたのだからな。存分に稽古をつけてもらえ」

と言うと、

「疋田《ひきた》孫六、井戸弁次郎、院殿《いんでん》兵衛、園部祐吉、水鳥参右衛門、前に出よ」

と門弟たちを見回し、五人の名を呼んだ。

五人の門弟が興奮と緊張の表情で見所の前に並んだ。

「そのほうら、坂崎磐音どのと立ち合え。但《ただ》し言い聞かせておく。これは互いに剣術の技量を切磋《せっさ》する稽古である、勝負ではない。互いが持てる力と技を出し合い、技の向上に役立てるために行う。よいか」

「はっ、承知つかまつりました」

五人の門弟とともに磐音も声を揃えて堀内の注意を聞いた。

磐音は五人の中に園部が加わっていることに感謝した。

「対戦は一本勝負。一番目、坂崎磐音どの対疋田孫六」

堀内は審判を務めるつもりか見所から下りた。

磐音と疋田は作法どおりに挨拶を交わし、立ち上がって竹刀を構え合った。

小柄ながら俊敏そうな疋田はまだ二十四、五歳か。突然回ってきた好機に張り切っていた。

上段に竹刀を構えると前後に小刻みに動き、間合いをとった。

磐音は正眼で不動の構えだ。

深山幽谷の静寂ではない。どこか春先の日溜《ひだま》りに微風《そよかぜ》が吹き抜けていくような長閑《のどか》な構えだった。

疋田が不動の磐音に焦《じ》れたように前進してきた。間合いが一気に切られ、面にくると見せて小手に転ずる疋田の攻撃が、不動の磐音を襲った。

そより
と風が吹き渡り、小手に落ちてくる竹刀を弾くと、その竹刀が清流を遡上《そじよう》する鮎のように躍って面を叩いた。

がくん
と疋田の腰が沈み込み、堀内が、

「勝負あった！　坂崎どのの面一本」

と宣告した。

二人目の井戸弁次郎は体型も年齢も磐音とよく似ていた。剣風は大らかだが修羅場を潜った経験の差がありすぎた。

互いに胴打ちを出し合ったが、電撃の差で磐音が勝ちを得た。

院殿兵衛は幕府の御番衆とか、重厚な構えと攻めで磐音に果敢に迫ったが、反対に面をとられて敗《やぶ》れた。

ついに園部祐吉と対決した。

その瞬間、磐音は堀内道場を訪ねた目的を達したと思った。

園部の構えになんの衒《てら》いもなく、無念無想に身を置こうと必死に努める面上に人柄が滲んでいたからだ。

互いに相正眼に構え合い、暫時睨み合った末に園部が仕掛けた。

磐音は不動のままに受けた。

面にきた園部の竹刀を払い、一瞬の間、園部をその場に立ち竦ませた。その直後、磐音の面打ちが、
びしり

と決まって、勝負が決した。

最後は老練の師範水鳥参右衛門との立ち合いになったが、残念ながら水鳥の巧妙な竹刀遣いも磬音には効果がなかった。

一連の打ち合いの直後、磬音の胴打ちが決まって勝負が終わった。

森閑として、道場が重い雰囲気に包まれた。

「どうした、そのほうら、坂崎どのに歯が立たなかったことが悔しいか。坂崎どのが申されたが、井の中の蛙はわが道場にもおる。坂崎どののように他道場へ出稽古に行かれる気概があってこそ、初めて勝負も見えてくる。玲圓先生が書状で言うておられる。わが弟子を出稽古に出す代わりに、もしお望みならば貴道場からも佐々木道場に稽古に来られたしとな。折りを見て、そのほうら、佐々木道場に稽古に参れ」

門弟衆からどよめきが起こった。

この時代、このような開放的な申し出をし、受ける道場主などまず考えられなかったからだ。

磬音も、玲圓が異例にもそのような申し出を書状に書き記して出稽古に出してくれた思慮に感謝しながらも、

（これで四人の容疑者がすべて消えた）

と白鶴太夫落籍に関わる一連の騒動が壁にぶつかったことを思っていた。

「坂崎様、それがしに稽古を付けてください」

若い門弟がおずおずと磐音に声をかけてきて、磐音は雑念を振り払うと、

「こちらこそお願いいたします」

と立ち上がった。

第五章　千住大橋道行

一

おこんはわが家の仏壇の埃《ほこり》を払い、先祖の位牌を乾拭《からぶ》きして水を替え、用意してきた黄菊を上げた。するといつもは暗い仏壇付近が、

ぱあっ

と明るくなった。

亡き母の位牌に手を合わせた娘を金兵衛が黙って見詰めていた。

おこんが顔を上げると、

「珍しいことがあるもんだ」

と呟いた。

「忙しさに紛れてお盆にも帰らなかったから」

「坂崎さんは今津屋にも姿を見せねえのかい」

金兵衛が話題を転じておこんの様子を探ると、おこんが首を振った。

「どこに行ったのかねえ。いつもは旅先を言い残すのに、黙って行くなんて水臭いじゃないか」

「だれにだって秘密の一つや二つあるわよ」

と父親に応じたおこんだが、磐音の行き先は知っていた。

吉原だ。

白鶴太夫が出羽国山形領内の紅花大尽に身請けされることをめぐり、白鶴の禿《かむろ》と若い衆が殺されたと告げていったのは絵師の北尾重政だ。

昨夕のこと、おこんが使いから店に戻ろうと両国西広小路の雑踏に身を入れたとき、

「おこんさん」

と呼ぶ声がして北尾が立っていた。

「あら、まだ諦めないの」

北尾重政は今小町と呼ばれるおこんの姿態を浮世絵にしたく、何度も懇願して

いた。だが、おこんは無情にも首を縦に振らないばかりか相手にもしなかった。

「おこんさんを描《か》くのは諦めました」

「あら、うちの老分さんに渡した絵は、どこのどなたが描いたものなの」

磐音の父親坂崎正睦《まさよし》の帰国に際し、由蔵は関前で待つ身内のためにと、北尾重政が描いたおこんの絵を土産に持たせていた。

何度も断られたのだ、北尾がおこんを素描して持っているとはだれも考えもしなかった。だが、老練な由蔵は、

（あれほどの絵師がおこんさんに断られたからといって、素描すら描き残していないはずはない）

と見抜き、北尾に直に交渉して『今小町花之素顔』と称する浮世絵五枚を手に入れて、関前城下にいる磐音の身内に見せるべく正睦に託していた。

そのことをおこんや磐音が知ったのは、正睦の乗船した関前藩借上船が江戸湊を出立《しゆつたつ》した後のことだった。

「おや、承知でしたか」

と鬢を掻いた北尾が話題を転じた。

「おこんさん、坂崎さんは当分吉原を離れられそうにない。殺しまで起こってし

まいましたからね」

と前置きして、禿のお小夜と見世番の繁三郎が殺され、未だ下手人が特定できないことを告げたのだ。

「坂崎さんの言伝《ことづて》なの」

「いや、坂崎さんも会所も三人目の犠牲を出すまいと必死で、おこんさんになにか伝えたくともそんな余裕はないでしょう。おこんさんの絵を老分さんに無断で渡した詫びです、北尾重政一人のお節介ですよ」

「へえっ、そう。それでもう言い添えることはないの」

おこんは北尾を見た。

北尾がはたと気付いたように、大事なことが残っていたなと微笑んだ。

「おこんさん、狭い遊里にいながら、坂崎さんは丁子屋に近付こうとはなさらない。白鶴太夫に会おうなんて邪心は、針先ほども持っておられませんよ。安心していい」

「北尾重政め、おのれに下心があるから、他人もそんなことを考えると思うのね。私はね、坂崎さんを信じてるの」

「これは、とんだ藪蛇《やぶへび》だ。こっちは邪心の塊だからな。それでなきゃあ、浮世絵師なんて務まりませんよ」

と苦笑いした北尾が、

「おこんさんと会ったことは坂崎さんには内緒にしよう」

と言い残すと人込みに消えたのだった。


おこんは仏壇から線香を取ると、上がりかまちに残していた白菊を抱えた。

「主《あるじ》のいない長屋に風を入れてくるわ」

「そうだな。いつ帰ってみえてもいいように、そうしてやんな」

と金兵衛が娘を送り出した。

路地を横切ったおこんが木戸を潜《くぐ》り、溝板《どぶいた》を踏んでいくとおたねらが、

「あら、おこんちゃん、里帰りかい」

「坂崎の旦那は留守だよ」

と井戸端から声をかけてきた。頷いたおこんが、

「おっ母さんの位牌に線香を上げたついでに、こちら様のお位牌にもと思ったの」

「浪人さんのところに、花立てなんて気の利いたものがあったかねえ」

おたねが首を捻った。おこんは、

「なにか器を探すわ」

と菊を井戸端に置いて磐音の長屋の戸を開けた。

土間の片隅で鳴いていた虫が人の気配に鳴きやんだ。

おこんはしばし人の気配のしない土間に佇み、長屋を見回した。

部屋の片隅に夜具が置かれ、壁際には、鰹節屋から分けてもらった木箱の上に三柱の手造りの位牌があった。

おこんは格子窓を開け、風と光を入れた。

「おたねさん、掃除道具を貸してくださいな」

おたねから箒《ほうき》と雑巾《ぞうきん》を借り受けたおこんは、狭い長屋を丁寧に掃除し、茶碗《ちゃわん》に汲み上げたばかりの水を入れ、位牌の前に供えた。白菊の茎を短く切り、葉を少なめに残して鉄瓶《てつびん》に活けてみた。

鉄瓶を位牌のかたわらに置き、

「よし、これでいいわ」

と一人呟いたおこんは、線香に火をつけると手に持った。手の中で線香が静かにくゆり、おこんは煙を見詰めてしばし時を過ごした。

吉原では「八朔《はっさく》」の大紋日《だいもんび》に着る白無垢を誂《あつら》える遊女、それを売り込む呉服屋の番頭手代たちがうろつき、俄《にわ》かに慌ただしさを増していた。

八朔を大事に思う習慣は、徳川幕府が江戸に都を定めた日に由来した。それが城中ばかりか下々の習慣へと広がり、ついには官許の色里に根付いて大紋日の行事になった。

それには一つの挿話がある。

元禄の頃、江戸町一丁目妓楼巴屋源右衛門《ともえやげんえもん》の抱え高橋太夫が、予《かね》て馴染みの客との約定で、白無垢の小袖姿で揚屋《あげや》まで花魁道中をして迎えに出た。それが評判を呼び、だれもが客のために白無垢を着るようになったという。

白無垢だけに、凝った仕立てや打掛けにして互いに競い合い、今や吉原の名物となった。太夫ならずとも各楼のお職や売れっ子女郎は、馴染みにこの年の白無垢を仕立てさせ、自慢し合った。だが、容色の衰えた遊女や切見世の女郎は、大紋日前に苦労することになる。顔を見せない客に何通も何通も文を書き、なんとか白無垢を強請《ゆす》る、乞《こ》う。

その文には、川柳に詠まれた、

「白無垢を脱いで浴衣《ゆかた》で床へ来る」

をもじって、

「わちきは白無垢でぬしの床へと入りやんすえ」

とあちらこちらに安請け合いをした。それでも客から白無垢の都合がつかない女郎は借り着で間に合わせる。

そんな光景が仲之町で慌ただしく繰り広げられる刻限、吉原会所に四郎兵衛以下の面々が顔を揃え、磐音も同席した。

「くそっ！　上総屋徳蔵が雛菊、お柊の姉妹と組んでいたとはねえ」

手代の竹造が吐き捨てた。先ほどから何度も繰り返された罵《のの》り声だった。

白鶴太夫の吉原を出る日が迫り、吉原会所ではいよいよ追い詰められていた。そこで四郎兵衛が丁子屋の宇右衛門と相談し、中郎の小勝をお柊の名で吉原の外に呼び出すことにした。

確証のない賭けだったがもはや手はなかった。

呼び出した場所は、会所と密かに繋がりのある土手八丁の外茶屋山月楼だ。四郎兵衛も自ら足を運び、小勝が誘い出されるかどうか待った。

その場に磐音も同道した。

昨夜《ゆうべ》のことだ。

引け四つ前、小勝が山月楼の仲居に案内されて二階座敷に通った。刻限も刻限、茶屋はひっそりとしていた。

座敷には膳と酒が用意され、次の間には夜具が敷かれて有明行灯《ありあけあんどん》の灯りがぼんやりと点り、布団には女の休む様子があった。布団の端から緋《ひ》縮緬《ちりめん》の長襦袢《ながじゅばん》がちらりと覗いていた。

小勝は身震いした。

仲居が階下へと下りると小勝が興奮を抑えた口調で、

「お柊さん、久しぶりの呼び出しだが、凝った趣向だねえ」

と言うと膳の前に座り、徳利に酒が入っていることを振って確かめると、丼《どんぶり》の蓋《ふた》に一気に注《つ》いだ。そいつを飲み干すと、
ふうっ
と息を吐いた。

「お柊さん、冷てえじゃねえか。おれにさ、禿を始末しろと命じておいてさ、あとは梨《なし》の礫《つぶて》だ。いらいらしたぜ」

「小勝さんは、うまくやってのけましたよ」

布団の中からくぐもった女の声が答えた。

「そりゃあ必死だもの、お柊さんのお宝を拝みてえ一心だ。今晩はようやく褒美《ほうび》を貰えそうだぜ」

小勝は二杯目を慌ただしく注ぐと一気に飲み干し、帯を解《ほど》いて単衣《ひとえ》を脱ぎ捨て、ぼてっとした腹の下の褌一丁で隣座敷に向かった。

布団が押し退《の》けられ、緋縮緬の女が起き上がった。

小勝が立ち竦んだ。

「だ、だれだ、おめえは」

「この茶屋の女将《おかみ》、お香世《かよ》ですよ。私のお宝が拝みたけりゃそうしてもいいが、ちょいと歳を食ってるよ」

「お、お柊はどこにいる」

「はあてね」

部屋の中に四郎兵衛らが姿を見せて、仁吉が強い灯りを放つ行灯を抱えてきた。

すると夜具からするりとお香世が抜け出て、

「お頭取《かしら》もさ、こんな歳の私に酔狂なことをやらせるねえ」

「いやさ、お香世さんの色香はまだまだ健在ですよ」

「冗談はよしてくださいな」

お香世が言い残して部屋から姿を消した。

「小勝、座りねえ。おめえにはとくと訊きてえことがあらあ。お小夜殺しのほかにもな」

会所の印半纏《しるしばんてん》を着た手代の竹造が凄《すご》みを利かせると、小勝のせり出した腹がぶるぶると震え出した。

「手代、おれはなにも知らねえ。お小夜殺しなんて知らねえよ」

「おめえが思わず喋ったことは、四郎兵衛様を始め、みんなが耳にしたんだよ。往生際が悪いと少々痛い目に遭うぜ」

小勝は必死で首を横に振り、

「知らねえ知らねえ」

と繰り返した。

「夜は長いや、この茶屋はおれっちだけだ。どこまで我慢できるか小勝、互いに我慢比べの一夜になりそうだな」

小勝がすべてを白状したのは明け方のことだった。その日から小勝の姿は吉原から消えることになった。

小勝の証言によれば、

「上総屋の旦那は、雪乃丞時代からお柊と馴染みだよ。今も、妹の雛菊と寝る夜は姉のお柊とも床を一緒にしてるんだ」

「なんだと。遣り手の姉とも女郎の妹とも床を共にしているというのか」

手代の竹造が呆《あき》れた顔で問い詰めた。

「ああ、旦那は姉と妹の体を鶯《うぐいす》の谷渡りするのがお好みだ」

「白鶴太夫の落籍を妬み、禿や見世番を殺そうとまで言い出したのは姉か妹か」

四郎兵衛が訊いた。

「お頭取、姉のお柊だ。お柊は白鶴太夫さえ丁子屋に来なきゃあ、太夫は妹の雛菊で、私も大籬《おおまがき》の遣り手でのうのうとしてられたと常々言ってらあ」

「逆恨みもいいとこだぜ。白鶴太夫が吉原《なか》に入る前の話、なにも知らないのだ」

「白鶴の落籍話を最初にお柊の耳に入れたのは、上総屋の旦那だそうだ。旦那は一度だけだが白鶴の座敷に出たことがあるとか。そんとき、あまりいい扱いを受けなかったとか。白鶴は高慢ちきだとお柊に訴えてさ、あばたの紅花大尽なんぞに落籍されてたまるか、吉原を出たところをひっ捕まえて、そのときの恨みを晴らすと言ってなさるそうな。そいつにさ、丁子屋憎し白鶴憎しのお柊と雛菊が乗っかったんだよ」

「およその構図は呑み込めた。だが、上総屋は商人《あきんど》だ。渡世人でもあるまいし、白鶴太夫をいたぶるにもちと度が過ぎる」

「お頭取、上総屋の蔵は、浅草弾左衛門様に無断で灯心を販売した一件ですっからかん。徳蔵旦那は、あわよくば白鶴太夫を落籍した前田屋内蔵助様から大金を絞りとるつもりだ」

「老舗《しにせ》の蠟燭問屋の主が考えることっちゃないぜ。呆れたものだ」

四郎兵衛が、なにか尋問することはあるかという顔で磐音を見た。

「そなた、お小夜殺しは認めような」

小勝の両眼がなにかに縋るようにさ迷った。

「そなたがお柊と思うて吐いた本心は、ここにおるたれもが承知のことだ。もはや言い逃れは許さぬ」

がっくりと頭《こうべ》を垂れた小勝が頷いた。

「お柊に、白鶴の周りのだれかを殺せば褒美をやると唆《そそのか》されたんだ。そこでまず太夫が可愛がっていた猫をひっ捕まえて殺したが、猫なんかじゃ駄目だとこっぴどく叱られた。そんでよ、猫を探しに出た禿のお小夜と水道尻のとこで会ったを幸い、お小夜ちゃん、太夫の猫があんなところに浮かんでるぜと誘い、いきなり口を塞いで溝に飛び込み、水に浸けて殺したんだ」

「お小夜は十四だ。そなたは恨みでも持っていたのか」

「禿と中郎がまともに話せるものか。おれたちは楼の奉公人の中でもくずったれだ」

「手をかけたのはお柊に命じられたからか」

「お柊だけがおれをまともな男として寝てくれたんだよ」

「愚かな」

と磐音は吐き捨てた。

「箱提灯持ちの繁三郎を匕首《あいくち》で突き殺したのもそなたか」

「おれじゃねえ、おれじゃねえ。嘘はつかねえ。匕首なんておれは持っちゃいねえ」

それは予測していたことだった。

「上総屋徳蔵の息がかかった者で、魳《かます》切っ先の匕首を遣う男を知らぬか」

「徳蔵旦那の腹違いの弟、野狐《のぎつね》の彪次《ひょうじ》でさ」

「腹違いだと」

「上総屋の先代と妾《めかけ》の間に生まれたのが彪次だよ。先代のおかみさんが五月蠅《うるさ》くて店に出入りもさせてもらえなかったんだと。それで料理人になったり、魚屋の職人になったりしたがどれも長続きせず、匕首一本で世間を渡るようになった野郎でさ。徳蔵旦那の代になって、彪次の出入りを許したと聞いてまさ」

「彪次は一匹狼《おおかみ》かな」

磐音は西方寺で襲われたときも仲間の気配がしなかったことからそれを確かめた。

「そう聞いてるよ。だけど、五両や十両の端《はし》た金《がね》で人を殺《あや》める連中とは付き合いがあるそうでさあ」

磐音は四郎兵衛に頷いた。

「……吉原会所を虚仮《こけ》にした話だ。夏扇楼の遣り手お柊、雛菊はもとより、客の上総屋徳蔵と腹違いの野狐の彪次は許せぬ。面番所に突き出すのがお上の定法だろうが、吉原には吉原の決まりがある。なんとしてもわれらの手で始末をつける」

「へえっ」

と手代の竹造らが畏まった。

「竹造、小勝が喋った裏をとれ。始末はそれからだ」

「畏まりました」

手代たちが会所から姿を消した。

会所に四郎兵衛と磐音が残された。

磐音はなんとなく胸騒ぎがしていた。だが、それがなにかは分からなかった。

「なんぞご懸念でも」

頷いた磐音は、

「四郎兵衛どの、それが分からなくて最前から困っております」

「坂崎様、もはや相手の正体は知れました。今度はこっちが仕掛ける番だ。相手に先は越させませんよ」

と四郎兵衛が言い切った。

二

小勝が自白した話の裏をとっていた吉原会所を慌てさせる騒ぎが起こった。それは丁子屋の宇右衛門が会所に駆け込んできて発覚した。

「お頭取、女房が戻ってこないんです」

宇右衛門の顔は引き攣《つ》り、手には紙包みをしっかりと握っていた。

すでに夜見世が始まって半刻（一時間）も過ぎた六つ半（午後七時）の刻限だ。大籬丁子屋の帳場を仕切る女将がいないでは済まなかったし、異常事態だった。

「宇右衛門さん、落ち着きなせえ」

四郎兵衛が、自ら白湯《さゆ》を汲んで飲ませた。喉を鳴らして白湯を飲む宇右衛門の姿は、一気に六つも七つも歳を取ったように見えた。

「よし、話を聞こう」

「昼間、ちょいと曰《いわ》くのある客のところに掛取りに回ったんです。いや、この讃岐《さぬき》屋は今度の騒ぎとは関わりがない。若旦那が大旦那に内緒遊びした金子をとりに行っただけで、そこから通町《とおりちょう》の馴染みの呉服屋に回り、自分の着物を誂えたらしい。その後、どこにどう姿を消したか、夜見世が始まろうってのに戻ってこないんです。どうも様子がおかしいと訝しく思っている最中、楼の内玄関にこれが置かれていたんです」

宇右衛門が手にしていた紙包みを四郎兵衛に突き出した。

同席していた磐音らも注視した。

受け取った四郎兵衛が包みを開くと、一筋の髪と象牙《ぞうげ》の櫛があった。

「女将さんのかえ」

「お勝《かつ》の身の周りをするおさんに櫛を確かめました。すると確かにお勝の櫛だと分かった上に、髪から匂う髪油は女房がつける加賀屋左蟬《さぜん》の変わり油と分かったんですよ。香が混ぜられた独特の匂いは、そうそう滅多な女がつけるもんじゃないらしい」

と宇右衛門がしどろもどろに事情を説明した。

「先手をとられたか」

竹造が呻くように言った。それをじろりと見た四郎兵衛が、

「女将さんは一人で遊里の外に出られたか」

「小女《こおんな》を供に連れていたんだが、呉服屋の前で待っていると、番頭風の男が女房の言伝だと言って、先に見世に帰っていなさいと追い立てたそうです。日中だから安心だと思ったのが間違いだった」

宇右衛門は、がくりと虚脱していた。

四郎兵衛が腕組みして思案した。

「お柊と上総屋徳蔵らは小勝の姿が消えたのを怪しみ、われらの仕業と考え、丁子屋の女将さんをかどわかしたようだな」

「間違いありませんよ。だからお勝の櫛と髪が届けられたんだ」

と宇右衛門が言い、

「お頭取、お勝の身にお小夜と同じことが起こったんじゃあるまいね」

と迫った。

「いや、そうじゃない。女将さんは無事だ」

「お頭取、どうして言い切れるね」

「宇右衛門さん、お小夜にしろ繁三郎にしろ、これまではすぐに手にかけて丁子屋さんと白鶴太夫に脅しをかけてきた。だが、おまえさんの楼は普段どおりに商いし、白鶴太夫も泰然と最後まで座敷を務める様子だ。そうこうするうちにうちが反撃に出て、小勝を捕まえた。そのことで徳蔵とお柊は肚を括ったんだよ。こちらのさらなる反撃を封じようと女将さんの身柄を手元に置いた。野郎どもにとっても、お勝さんは生命綱《いのちづな》だ。そう簡単に命をとる真似はしませんよ」

「お頭取、上総屋の様子を見てめえります」

と竹造が立ち上がり、

「竹造どの、同道しよう。上総屋に回る前に、お勝どのが最後に立ち寄ったと思える呉服屋に参らぬか。なんぞ分かるやもしれぬ」

と言う磐音に四郎兵衛が頷き、その行動を許した。

「呉服屋は、通一丁目の洛南屋左京です」

宇右衛門が叫ぶように言った。

「承知した」

磐音と竹造は会所を飛び出し、大門を出ると、五十間道を駆け上がった。土手八丁から御蔵前通りを走り抜け、夜の町をひたすら洛南屋のある通一丁目へと急いだ。

日本橋を渡ったとき、本石町の時鐘が五つ（午後八時）を告げた。

洛南屋左京は元禄期、京から江戸へ進出してきた呉服屋で、高価な品を扱う店として知られていた。さほど間口は広くないが上客ばかりだ。すでに大戸を下ろしていた洛南屋の潜り戸を叩き、竹造が身分を名乗ると、臆病窓《おくびょうまど》が開いて身許を確かめられた上にようやく店に入れられた。

店では帳場格子に番頭ら数人が残り、帳簿と帳箱の銭を付け合わせていた。

竹造が手際よく事情を説明し、丁子屋のお勝が店を出たのはいつ頃のことかと問うた。

「お勝様になんぞございましたんか」

その問いには答えず問い返してきた。

「未だ楼に戻ってねえんだ」

「どこぞに立ち寄られたんと違いますか」

と番頭が答えながら、

「お相手したんは七之助、あんただしたな」

と手代を見た。

「はい、わてが丁子屋の女将様のご相談に乗らせていただきました。京から届いたばかりの友禅染《ゆうぜんぞめ》をいくつかお選びになり、近々丁子屋様に伺うことになりました。そやな、女将さんを店先まで見送ったんは七つ半（午後五時）前と違いますやろか。夜見世に遅れると慌てておられました」

「おまえさん、店前まで見送りなさったか」

「へえっ、それが店の決まりだす」

「そんときのことだ、なんぞ騒ぎはなかったかね」

「店の前で待っているはずのお連れはんの姿が見えまへんのや。そんで女将さんが、おたつったら、どこをふらついているのかしら、気が利かないわね、と刻限を気にするふうに辺りを探しておられました」

「それでどうなった、手代さん」

「そんとき、女将さんに空駕籠《からかご》が寄ってきて、なんぞ話しかけておりましたんや。そしたら、女将さんが乗り込まはったから、わてはてっきり、お連れはんは先に吉原に帰らはったんやと思いまして、店に戻りました」

「番頭さん、手代さん、おまえさん方が女将さんの言伝だと小女を先に帰した覚えはねえかえ」

「なんでうちらが余計なことをしますんや」

と番頭が強い口調で否定した。

竹造が磐音を見た。

「手代どの、お勝どのを乗せた駕籠はどちらに向かったか分かるかな」

「そりゃあ、吉原にお戻りだすがな、日本橋の方角に向かわれました」

磐音と竹造は頷き合い、竹造が、

「邪魔をしたな」

と言うと二人は表に出た。

その背でばたんと潜り戸が閉じられた。

二人はお勝が駕籠に乗せられて向かったという日本橋へ戻り、室町の上総屋徳蔵の店を訪ねた。

こちらも表戸は閉じられていたが、店全体になにかもやもやとした気が漂っているように思えた。

そんな二人の前に、見張りを務める仁吉が姿を見せた。

「手代、ちょいと様子がおかしいや。会所に使いを立てようかどうか迷っていたところだ」

「どうおかしい」

「夕暮れ前から番頭や奉公人たちがざわついていて、最前ようやく戸が閉まったところだ」

「徳蔵はいる様子か」

「朝から出た様子はございませんよ」

上総屋は蠟燭問屋だ。一本二本と蠟燭を買いに来る客を相手にするわけではない。小売りの仕入れや配達が終われば早仕舞いされるのが通例だという。それがいつもより遅くまで戸が開いていた上に、

「奥がどうの、蔵の鍵《かぎ》がどうのと、番頭たちが騒いでやがるんだ。その上、手代や小僧がどこぞへだれかを探しに行く様子でさ、慌てて出ていったぜ」

「そいつらは戻ってきたか」

「いや、まだだ」

竹造がどうしたものかという思案顔で磐音を見た。

「徳蔵は今は独り身でしたな」

「あまりに女遊びがひでえんで、女房は実家に戻ったまんまだ。跡継ぎの倅《せがれ》もそっちに行ったまんまでさ」

「竹造どの、直に事情を問い質《ただ》してみようか」

竹造が即座に頷いた。

仁吉が潜り戸を叩くとすぐに戸が開かれた。使いに出た者が戻ったと勘違いしたか、番頭が吉原会所の印半纏を着た竹造と磐音らを驚きの様子で見た。

「番頭さん、わっしらは吉原会所のもんだ。おめえさん方も取り込みの様子だが、うちもちょいと事態が切迫している、人ひとりの命に関わる話だ。駆け引きなしに訊く。旦那の徳蔵さんはおられるかえ」

竹造の気配に圧倒されたように番頭が曖昧に顔を振った。

「それが……」

「それがどうしたえ」

「最前から旦那様のお姿が見えなくなりまして、心当たりを問い合わせているところです」

「旦那が一刻二刻くらいいなくなったからといって、上総屋じゃあ大騒ぎして探し回るのかえ」

「……………」

「どうした、番頭さん。おれたちも伊達《だて》や酔狂で吉原から来たわけじゃねえ。答えねえな」

竹造が畳みかけるように責め立てた。

「最前、旦那様が今日の売り上げを見たいと仰られ、帳箱を手代に奥へ届けさせました。こんなことはこれまでなかったことですし、様子を窺《うかが》いに私が参りますと、空の帳箱が奥に残されたうえに蔵にあった金子も残らず消えております」

竹造が舌打ちした。

「番頭さん、弾左衛門様に無断で灯心を売った一件で、上総屋は弾左衛門様にだいぶ詫び料を払ったそうだな。蔵にまだ千両箱が残っていたか」

番頭が息を呑み、その後、がくりと肩を落とした。

「世間様がそのようなことまでご承知ですか」

「馴染みの懐具合を知ってなきゃあ、吉原の商いは続けられないのさ」

「すっからかんのうえに、差し迫った借財が五百余両ほどございます。このところ、綱渡りの商売が続いておりましたが、近々大商いがあるからと旦那様は平然とした様子でございました。それが数日前から、無理を言っても掛取りに回れ、今払ってくれたら一割くらいは差し引いてもよいと奉公人を督励し、ともかく掛け金を四百両余り集められ、なけなしの金子が蔵にあったのです」

「その金子が徳蔵と一緒に消えたか」

「はい」

竹造がしばし沈黙して考え込んだ。

「旦那様は吉原においででしょうか」

「番頭さん、吉原じゃあないね」

「じゃあどこへ行かれたんで」

「そいつは分からねえ。だが、一つだけはっきりとしたことがあらあ」

「なんですね」

「徳蔵はもうここには戻って来ないぜ」

「旦那様は有り金さらって、どこぞに逃散《ちょうさん》なされたと」

「そういうことだ」

「なんということ」

番頭が土間にへたり込んだ。

夏扇楼のお柊も忽然と姿を消していた。だが、慌てて吉原の外に出た様子で、妹の雛菊は楼に残したままだ。遣り手なら大門の外に出るのは問題ない。だが、女郎となると、大門前で人別帳に照らして厳しい調べがなされる。それゆえ雛菊を楼に残したのか。

会所で四郎兵衛を中心に急ぎ善後策を講じることになった。

「徳蔵が店を捨てたのは確かだな」

四郎兵衛が竹造に念を押す。

「上総屋の金を洗いざらい持ち去ったところからみてもまず、間違いございますまい」

「お柊は行動を共にしていると見てよいな」

「へえっ」

「雛菊だけが遊里《なか》に残されたか。こたびの一件、雛菊は端役と思うか」

「お頭取、確かに主導したのは上総屋徳蔵と姉のお柊にございましょう。だが、雛菊が騒ぎと無縁でいたわけじゃございません。一緒に逃げたかったが、女郎の外出はままならない、泣く泣く残されたというのがほんとのところではございませんか。絶対にお柊から連絡《つなぎ》が入りますよ」

「となると、夏扇楼の雛菊だけがわれらの望みだな。雛菊をわれらの手元に置いておくか。丁子屋の女将さんと身柄交換するためにな」

「そいつも一つの手にございます。お柊たちは間違いなく雛菊の動きをどこぞから見ているはずですからな」

と竹造が賛意を示した。

四郎兵衛が磐音を見た。

「丁子屋のお勝どのの命を守るために雛菊をわれらが手中に捕まえておくのも、大事なことかと思います。だが、もう一つ方策がございます。雛菊を今のまま夏扇楼に置いておき、奉公させるのも一つの手かと」

「それはまたなぜですかな」

「雛菊が会所の手の中にあったのでは、外に出た徳蔵とお柊は連絡のとりようもございますまい。だが、夏扇楼にいつもどおりの花魁奉公をさせておくなら、必ずや外から使いが参りましょう。そのときが勝負かと思います」

四郎兵衛が腕組みして考えた。

「よき案かと思います」

「坂崎様もお頭取も、このまま雛菊を放っておくと仰るので」

竹造が不安の顔で訊いた。

「いや、放ってはおかぬ。雛菊には昼も夜も監視をつける」

「楼にだれぞを入れると言われるので」

「いかにも」

「だれが入り込みますかえ」

「それがしが中郎を務めよう」

「坂崎様、思い切ったことを申されますな」

「禿、見世番と殺され、ただ今は丁子屋のお勝どのの命が危険に晒されております」

「よし、私が夏扇楼の泰五郎《やすごろう》旦那に頼み込もうか」

と四郎兵衛が立ち上がった。

京町二丁目の半籬夏扇楼に新入りの中郎が入り、日夜追い回されるように掃除から女郎衆の雑用までをこなし続けた。体は大きかったが背中が丸まり、無精髭《ぶしょうひげ》だらけで、総髪を後頭部でだらしなく結んでいた。

「いくら遣り手がいなくなったからといって、頭の螺子《ねじ》が緩んだ中郎を雇うこともあるまいに。旦那もどうかしているぜ」

「だが、口答えもせずに働くじゃないか」

「だいぶ知恵が足りない野郎だぜ、口答えもなにもあるものか」

「お柊さんの代わりに女将さんが二階の遣り手部屋に座って睨みを利かせていなさるから、務まるようなもんだ」

「それにしても、客への外聞もあろうじゃないか」

と番頭たちが言い合った。

雛菊の客は昼見世、夜見世を問わず、大門を潜って外に出たところから、奉公先の屋敷や店まで会所の尾行が付き、身許が確かめられた。

売れっ子の雛菊には昼夜で四、五人の客が付いた。だが、だれも格別上総屋徳蔵やお柊と繋がる線は見えなかった。

新しい中郎が夏扇楼で働き始めて四日目、丁子屋の女将のお勝が着ていた江戸小紋の片袖《かたそで》が届けられた。袖は血塗《ちまみ》れで、意図するところは明々白々であった。

だが四郎兵衛は、脅迫が続くうちはお勝は生きていると確信していた。

この日の暮れ六つ（午後六時）、半籬の夏扇楼の張見世に雛菊が座ると、格子の中に、
ぴーん
と張り詰めた気配が漂った。

「おおっ、雛菊のお出ましだぜ」

素見《すけん》と呼ばれる冷やかし連が格子窓に縋ったが、雛菊は見向きもしない。

四半刻（三十分）も過ぎた頃合いか、深編笠を被った武家が立った。黒小袖の着流しに朱塗りの大小を落とし差しにしていた。

「主様《ぬし》、一服しなしゃんせ」

雛菊の吸い付け煙草が格子越しに差し出され、着流しの侍が悠然と受けて、

「馳走であった」

と煙管《きせる》を格子の中に戻した。

そのとき、何事か会話が短く交わされた。

その様子を新入りの中郎が内玄関の暖簾の陰から見ていたが、格子を離れる深編笠の尾行を始めた。

三

着流しの侍が大門を出たとき、夏扇楼の新入りの中郎磐吉は、会所の障子を突き破って石礫《つぶて》を投げ入れた。

待機していた竹造らが即座に反応して、磐吉こと磐音を追う組、さらには夏扇楼に走って雛菊の様子を窺う組と二手に分かれた。

磐音を尾行する組は竹造や仁吉ら数人だ。

五十間道を行く深編笠を磐音が尾《つ》けていることを確かめた竹造らは一人ひとりがばらばらになり、磐音の動きを注視しながら深編笠の侍を尾けようとした。

刻限が刻限だ。五十間道には遊客、冷やかしの連中がぞろぞろと大門を目指していた。そんな人込みを悠然と歩いて見返り柳の辻に出た深編笠は、土手八丁を右へ曲がり、今戸橋へと向かった。

ゆったりとした歩みで、磐音も竹造らも見逃すことはない。

尾行する竹造が歩を早めて磐音を追い抜きざま、懐に忍ばせていた匕首を磐音にさっと渡して追い抜いていった。

中郎に扮していた磐音は素手だった。今後予想される戦いを予測して、竹造は自ら護身用の匕首を渡したのだ。

その直後、深編笠は土手八丁を離れ、引手茶屋の南側へと下ると、出羽本荘藩六郷下屋敷と寺町の間へと行き先を変じて、歩調を早めた。道から路地、路地から道を伝い、磐音らは浅草奥山へと誘い込まれるように導かれた。

夕暮れの刻限、奥山には大勢の客たちがいた。

居合い抜きや独楽《こま》回しの大道芸人が客を集める奥山を巧みに人を掻き分けて進む深編笠の侍に、数人の深編笠が寄ってきた。同じように黒小袖の着流しに朱塗りの剣を落とし差しにしていた。

その者たちが、吉原から来た深編笠の周りをぐるぐると回り、複雑な動きを繰り返した後、再び人込みを利してばらばらに散開した。

磐音は深編笠数人が錯綜《さくそう》したとき、吉原で見た着流しの侍の腰の煙草入れに注視した。

その者は、古い印伝《いんでん》黒革の煙草入れを差していた。新たに登場した着流し、深編笠の腰には煙草入れがなかったり、色違いだったりした。

磐音は迷うことなく印伝黒革の煙草入れの侍に従った。

だが、竹造らは新たな着流しが姿を見せたとき、あまりにも距離が離れていたため、一瞬の集散の動きを見逃して、それぞれ別々の侍を尾行することになった。

だが仁吉だけが深編笠、着流しの動きに惑わされることなく、ひたすら磐音に食らいついた。

磐音と仁吉が尾行する着流し侍は奥山から浅草寺本堂へ抜け、門前町の雑踏から浅草広小路に出ると西へ向かい、新寺町通りを悠然と下谷車坂町へと出た。

東叡山寛永寺の東側にあたる寺町の間に、東叡山へと登る車坂門があった。

着流し侍は車坂門から寺町の裏手に出ると北行し、屏風《びょうぶ》坂から東叡山寛永寺山内に、通称忍《しのぶ》ヶ岡《おか》に上がった。

すでに辺りは真っ暗で、常夜灯の灯りがかすかに着流し侍の姿を浮かび上がらせるだけだった。

もはや磐音には、寛永寺の山内をどう歩いているのか見当も付かなかった。なんとなく目まぐるしく方向を変じる侍が、忍ヶ岡の西側へと進んでいるように思えただけだ。

広大な寺町の一角に短冊《たんざく》形の町屋、谷中《やなか》善光寺前町があった。

深編笠、着流しの侍がようやく歩を止め、尾行者がいないか確かめた後に身を没したのは、養寿院の北裏にある苔むした柿葺《こけらぶ》き屋根の門内だ。

磐音は間を置くと、侍が没した御寮風の屋敷の裏手へ回った。

侍が屋敷を突き抜けて、尾行者を撒こうと考えての行動ではないかと思ったのだ。だが、裏手には門もなく、古びた竹垣で囲まれた御寮風の敷地から人の気配が感じられた。

磐音は百坪余りの御寮をぐるりと回り、柿葺き屋根の門前を見通す暗がりで歩を止めた。だれか磐音の他にも尾行してきた者はいないかと辺りを見回していると、磐音の背後から仁吉が忍び寄り、

「あちらこちらと引き回されましたな」

と密やかな声をかけてきた。

「奥山での小細工もある。気を抜いてはならぬ」

頷いた仁吉が、

「どういたしますか」

と行動を訊いた。

「尾行はわれら二人に散らされたのだ。それがしと仁吉どのでやるしかない」

「へえっ」

「まず中の様子を知りたい。だが、刻限も早い。今しばらく我慢し、動くのはその後にいたそうか」

「坂崎様、わっしは裏手を見張ります」

「何事もなければ、一刻後にこの場で落ち合おう」

仁吉の小柄な体が闇に没した。

磐音は無精髭が生えた顎を掌《てのひら》でごしごしと擦《こす》った。

夏扇楼の中郎として妓楼の昼夜を見てきた磐音だ。

徳川幕府がただ一箇所、「御免色里」として許した吉原には、万灯の灯りに隠された虚飾虚栄の享楽の夜と、限りなくも絶望の暮らしが繰り返される昼の二つの貌《かお》があった。

女郎たちは毎日毎夜何人もの客と閨を共にして、稼いでいた。大半の女郎たちが遊里を出ることを夢見て、一日一日を必死に生きていくのだが、そんな女郎たちに群がるように呉服屋、小間物屋が集まり、新規の衣装の着物や飾り物を買わせた。

妓楼の主にとっても、抱えの女郎が着物や化粧品を買い込み、浪費することは歓迎すべきことだった。

身売りしたときの借財を早々に返され、吉原を出られると、妓楼の主にとっては旨味が少ない。働けるうちは一人でも多くの客を取らせる、それが抱え主の鉄則だ。

吉原には、二十七歳になると表舞台から身を引くという決まりがあった。だが、十五、六歳から十余年働きどおしの女郎は身も心もぼろぼろになっていた。

そんな暮らしを中郎として見てきたのだ。

なんとしても白鶴を元気なうちに遊里の外に出す、磐音が改めて心に誓ったことだ。そのためにはなにがあっても丁子屋の女将のお勝を無事に助け出さねばならない。

忍ヶ岡に四つの時鐘が響き、しばらくすると仁吉が姿を見せた。

「坂崎様、女のいる様子は窺えませんぜ」

仁吉は竹垣に耳を欹《そばだ》てて御寮の様子を探ったと言った。

「男はどうだ」

「侍言葉が二人か、三人。それに、時に荒っぽい男の町人が一人混じってます」

「どうしたものか」

磐音は迷った。

だが、もはや猶予は残されていなかった。

「仁吉どの、押し込もう。丁子屋のお勝どのが囚《とら》われの身なれば、そなたになんとしてもお勝どのの身を守ってもらいたい。それがしが他の男どもを引きつける」

「へえっ」

仁吉の緊張した声音が応じ、仁吉は懐の匕首を抜いて確かめた。

磐音も得物は竹造が渡してくれた匕首一つだ。

「よし、先行いたす」

磐音は最前、深編笠、着流しの男が消えた柿葺き屋根の門に忍び寄り、両開きの扉をそっと押してみた。

ぎいっ
と音を軋ませ、中へと開いた。閂《かんぬき》も掛けてない。それがどういう意味を持つのか。お勝の幽閉された場所ではないのか。もはや行動を途中でやめるわけにはいかなかった。

門扉を潜ると、御寮のような造りの家からおぼろな光が洩れてきた。

その光が磐音を薄く浮かび上がらせた。

月光に淡く照らされた鉄平石《てっぺいせき》の石畳が濡れたように光って玄関口へと続いていた。だが、御寮の庭も屋敷も荒れていた。普段は住まう人とていないのかもしれない。

磐音は石畳に踏み出した。

玄関の戸の向こうから、酒でも酌み交わす気配が伝わってきた。警戒のふうもなくざわめきは続いていた。

戸に手をかけると引いた。するりと戸が開かれ、磐音は身を御寮の内部へと滑り込ませた。

土間か。薄闇に、湿った土の臭《にお》いとともに虫の声が響いていた。

殺気が潜んでいることを磐音は察した。

磐音の顔が緩み、口がだらしなく開けられた。中郎の磐吉に戻る、本能がそう教えていた。

ふいに灯りが点された。

まぶしそうに磐音は灯りを見た。

「待っておったぞ、会所の走狗《いぬ》めが」

黒小袖の着流し侍が吐き捨てた。

尖った頬《ほお》、細く切れ上がった両眼は血走り、顔は青白かった。修羅場を潜りぬけてきた手合いだ。その他、仲間が四人いた。

浪々の暮らしが長いと見える三人の剣客、それに小太りのやくざ者だ。だれもが血腥《ちなまぐさ》い渡世に身を置いてきた連中だ。

だが、野狐の彪次ではなかった。

「ああっ」

磐吉になりきったつもりで恐怖の声を洩らした。

土間に続く板の間の隅に高手小手《たかてこて》に縛られ、手拭いで猿轡《さるぐつわ》をかませられた女が転がされていた。それが丁子屋の女将お勝かどうか、磐音には確かめる術《すべ》はなかった。

「その女は、丁子屋の女将さんか」

磐音は間の抜けた声で訊いた。

「ならばどうする」

「助けに来た」

「抜け作がよう言うぜ」

着流しが動こうとすると、

「財膳氏《ざいぜんうじ》、そなたが動くこともあるまい」

と仲間の剣客が一人、土間に飛び降り、無造作に間合いを詰めた。

追い詰められた表情をした磐音は懐の匕首を抜き、

「来るな、寄るな」

と切っ先を振り回した。

その様子を、着流し侍をはじめ仲間が冷笑しながら見ていた。

「丹下《たんげ》どの、そなたが手に入れた新刀の試し斬りにはよき機会じゃ。据物《すえもの》斬りにばっさりとやられよ」

仲間の一人が見回し、丹下と呼ばれた男が、

「二つ胴落としの安定《やすさだ》かどうかご覧あれ」

と宣言すると剣を抜き、上段に構えると、
すすすっ
と間合いを詰めざま、

ええいっ！

とばかりに斬り下ろした。

その直前、呆《ほう》けた磐音が豹変《ひょうへん》して丹下の内懐に飛び込み、狙《ねら》いも定まらずに振り回していた匕首で下腹部を突き刺した。

切っ先が二寸ほど刺さり込んだ匕首を捨てた磐音は、思わぬ反撃に立ち竦んだ丹下の手から剣を奪い取っていた。

「あっ、こやつ、騙しおったぞ！」

仲間二人が剣を抜き放ち、小太りのやくざ者が懐の得物を抜き、思わず高手小手に縛られた女のかたわらから離れた。

財膳は黒小袖に右手を突っ込んだままだ。

そのとき、やくざ者の背に肩を丸めた仁吉が剽悍《ひょうかん》な動きで体当たりして、土間に突き転がした。

痛えっ！

やくざ者が叫ぶ間に、仁吉は縛られた女の傍に膝を突くと、匕首を構えて防御の姿勢をとった。

「おまえらはたれじゃ」

黒小袖の財膳が、磐音と仁吉を見ながら叫んだ。

「おまえっちがお見通しの、吉原会所の仁吉兄さんだ。だがな、土間に立っておられるお方には、おめえらじゃ太刀《たち》打ちできねえぜ。神保小路の佐々木玲圓道場の高弟、居眠り剣法と評判の剣術家、坂崎磐音様だ。仲良く三途《さんず》の川を渡りねえな」

と啖呵《たんか》を切った。

磐音は、富田《とみた》大和守《やまとのかみ》安定と信じて丹下が手に入れた刃渡り二尺三寸七分を悠然と構えていた。その足元では、その安定の持ち主の丹下が匕首を突き立てられ、転がり回っていた。

「くそ、許せねえ！」

土間に突き転がされていたやくざ者が飛び起き、丹下の腹から抜け落ちた匕首を拾い、構えた。

財膳ら三人とやくざ者が磐音を囲んだ。

その様子に、仁吉が女の猿轡を外し、縛られた縄を匕首の切っ先で切った。

「丁子屋の女将さんですぜ！」

仁吉の誇らしげな声が響いた。

「よし、仁吉どの、お勝どのを頼む」

「合点承知之助だ、そいつらの始末、頼みますぜ」

「畏まって候」

峰に返すつもりはない。相手は人の命を無法に奪い、身過ぎ世過ぎを立ててきた連中だ。修羅場剣法を甘く見るとこちらが命を失うことになる。

磐音は四人を相手に剣を正眼に構えながら、気を引き締めた。

財膳は磐音の正面にひっそりと立っていたが、懐から右手を出すと剣の柄《つか》に置いて動きを止めた。

仲間の二人は下段と上段という対照的な構えで、左右から磐音の動きを窺っていた。

やくざ者は三人の背後で匕首を腰撓《こしだ》めに構えていた。

「参る」

磐音が宣告した。

「ぬかせ！」

上段に振り被っていた剣客が磐音に突っ込んできた。

磐音はその反対側へと飛び、下段の構えから撥《は》ね上げて対応しようとした剣を上から叩いて牽制《けんせい》すると、転瞬刀を引き付けて相手の肩を斬り割っていた。

「ああっ!」

と叫ぶ相手の体を肩で突き飛ばした磐音は、突き飛ばされた仲間の体に邪魔されて一瞬抜き合わせるのが遅れた財膳に襲いかかった。

抜き打ちと胴斬りが一瞬の間に交錯して刃と刃が絡み合い、火花を飛ばした。

財膳はまだよろめき立つ仲間を蹴《け》り倒して視界を広げた。

「おのれ、許さぬ」

財膳が存分な構え、八双にとった。

磐音は正眼に戻した。

残った仲間が後ろに下がった。

間合いは半間とない。

「死ね!」

財膳が懸河《けんが》の勢いで八双の剣を振り下ろしつつ、踏み込んできた。

磐音も財膳の動きに呼応して突進した。

磐音の剣は正眼の切っ先が捻《ね》じれるように回り、その切っ先が飛び込んできた財膳の喉元を、

ぱあっ
と斬り刎ねていた。

八双から振り下ろされた剣が磐音の右肩すれすれに落ちて、財膳が前のめりに倒れ込んだ。

その瞬間、二つのことが同時に起こった。

残った剣客が磐音の左斜め前から突っ込んできて、体勢の流れる磐音に襲いかかった。

やくざ者は分《ぶ》が悪いと見てとったか、磐音が侵入した戸口から外へと背を丸めて飛び出していった。

磐音は二つの動きを目の端で注視しながら、剣客から間合いをとろうとした。だが、剣客の剣があまりにも早く磐音に迫っていた。

磐音が意思に反して襲撃者の前に踏み込んだのは剣者の本能、それがただ一つの救いと悟ったからか。

ともあれ、相手の切っ先を撥ねていた。

相手が二撃目、三撃目を打ち込み、磐音は返し続け、その動きの中で一瞬の間をとった。

次の瞬間、二人は同時に仕掛け、互いの斬り下げが肩と面に襲いかかった。
磐音が面を選び、相手が袈裟懸《けさが》けを狙ったことが勝敗を分けた。
高い位置にある面に磐音の剣の物打《ものう》ちが届き、
がくん
と膝を折って、倒れ込んだ。

吉原会所では、雛菊が宇右衛門や四郎兵衛相手に啖呵を切っていた。

「旦那、お頭取、こんな簡単な道理をなぜ分かってもらえないんですか」

「雛菊、馬鹿も休み休み言え。金で買われた女郎が、妓楼の女将さんと身柄を交換して吉原の外に出せだと。おまえは夏扇楼の抱え、人質になったというのはおまえの旧主、丁子屋の女将だ。そんな法外な話があるものか」

「お頭取、あるもないも、丁子屋の女将さんの命が惜しかったら、わちきを吉原の外に解き放つことですよ」

「姉のお柊の手に操られているとばかり思うていたが、雛菊、そなたもいい玉だな」

「お頭取、禿から振新《ふりしん》になったばかりで大籬から中見世に売られた女ですよ。この程度の知恵は付きますのさ。ささっ、いつまでもごちゃらごちゃら言ってないで、わちきの人別を吉原から抜き、駕籠を連ねて、丁子屋の女将さんの待つ場所に参りましょうかねえ」

「行く先も知らされず女郎を吉原の外に出せるものか」

「なら、女将さんの命は夜明けを待たずに果ててしまいますよ」

宇右衛門がきりきりと歯軋りして呻き声を上げたとき、

「雛菊、そいつはちょいとばかり都合がよすぎやしないかい」

と言いながら、当のお勝が会所に入ってきた。

「恩を仇《あだ》で返すとはこのことですよ」

「あっ」

雛菊の絶望の声が土間に響いて一つの騒ぎは終わった。

四

吉原から夏扇楼の遣り手お柊が、上総屋徳蔵が、さらには異母弟の野狐の彪次が江戸の闇に潜り込んだか、あるいは江戸を逃散したか、姿を消して何日も過ぎた。


その間にも吉原会所と磐音は丁子屋と白鶴太夫の警戒を怠らなかった。

ゆるゆると秋が深まり、ついには文月も晦日《みそか》を迎えた。

明日は八朔、吉原の大紋日、遊女が白小袖に身を包んで客を迎える日だ。そして、白鶴太夫が吉原の最後の務めをする日でもあった。

大紋日前日の昼下がり、磐音は四郎兵衛に呼ばれた。

「とうとう八朔が明日に迫りましたな」

「ここまではなんとか白鶴太夫を守り通してきました」

首肯した四郎兵衛が、

「明日の白鶴太夫の予定ですが、客は前田屋内蔵助様だけにございましてな、今宵、馴染みの客とはお別れをするそうです」

「務めは本日が終わりということになりますか」

「いかにもさようで。明日、夜見世が始まる前に内蔵助様の代理が身請けの金子を丁子屋に届けられ、証文と引き換えられます。その後、白鶴太夫の最後の花魁道中が、丁子屋から仲之町の引手茶屋まで繰り広げられます」

「迎える客は前田屋内蔵助どのですね」

「はい」

　と答えた四郎兵衛が、

「千住掃部《かもん》宿の大旅籠《おおはたご》中屋に前田屋の奉公人たちが泊まっており、そこから身請けの金子を吉原に届けることになっております。これには会所の竹造以下全員を張り付けます。いくらなんでも陽がある日光道中から三ノ輪への表通りで襲いもしますまい。坂崎様は、最後の最後まで白鶴太夫の身辺に気を配ってくだされ」

「承知しました」

　磐音は白鶴の最後の一日をさらに問うた。

「内蔵助様を迎えた丁子屋では、宇右衛門さんとお勝さんが落籍を祝う宴《うたげ》を催すとか。思えば幸せな太夫にございますよ」

　と四郎兵衛が磐音の顔を見た。

「吉原を出られるのはいつのことですな」

「引け四つの拍子木が遊里《さと》に響く夜半過ぎ、太夫から小林奈緒様に戻られたお方は、前田屋内蔵助様とご一緒に大門を潜られ、日本堤から三ノ輪に出て、千住大橋を渡られ、千住掃部宿の旅籠に待つ奉公人方と合流なされて出羽国山形へと向かわれます」

「夜半に吉原を出られますか」

「白鶴太夫は、日中出るのは憚《はばか》りありと考えられたのです。残された朋輩女郎の心根を思われたのです。夜半と申しましたが、もろもろのことを考えますと七つ(午前四時)前かと存じます」

「お柊が狙う最後の機会でございますな」

「あの者たちは、当然こちらが警戒を強めた明日には仕掛けてこないような気がします。無事には吉原を出さぬという脅しを行うことなく、前田屋内蔵助様一行を江戸の外に出す。こちらの油断を見透かして襲う、そんな気がしております」

磐音が恐れていたことだ。

「坂崎様、明日一日何事もなければどうなさいますな。お柊や徳蔵らが山形への道中で襲うとしたら、もはやわれらの手は届きませぬ」

磐音は即答しなかった。自らが考え抜いた決意を確かめ、

「四郎兵衛どの、それがし、影になって山形城下まで従います」

と言い切った。

「坂崎様のこと、そう申されると思うておりました。だが、そなた様には義理を欠かせぬ行事が待ってはおりませぬか」

「今津屋どのの祝言にございますな」

「いかにも」

「世間の習わしに従えば、今津屋どのと小田原から嫁入りしてこられるお佐紀どのの婚礼に出るのが、それがしのとるべき道にございましょう。ですが、四郎兵衛どの、それがし、奈緒どのが白鶴として吉原に身を投じられた日から奈緒どのの幸せを念じ、陰ながら力になると勝手に心に誓ってきた者にございます。祝言に欠席いたさば、恩知らずとのお叱りを受け、出入りを禁じられるやもしれませぬ。それは承知の上、それがし、奈緒どのが無事に前田屋内蔵助どのとの暮らしを始められるまで、いや、お柊や彪次らの襲撃の危険を取り除くまで見守りとうございます」

「坂崎様らしいご決断にございますな」

磐音は心の迷いを四郎兵衛に尋ねた。

「それとも奈緒どのを内蔵助どのにお預けして身を引くのが、それがしの取るべき道にございましょうか」

「坂崎様、野狐の彪次の危険を一番承知なのは坂崎様です。あの手合いが狙いをつけたら必ず決行します。坂崎様が手を引かれることを、やつらは待っているのです」

磐音は頷いた。

「途中で投げ出せば、坂崎様のご決心は、仏作って魂を入れぬ半端な節介に終わります。許婚であったお方の命を最後まで守ってくだされ」

磐音は承知した。

満足そうに首肯した四郎兵衛が、

「坂崎様、丁子屋の女将お勝さんが、過日命を助けていただいた御礼を言いたいと、揚屋町の引手茶屋霽月楼《せいげつ》でお待ちです」

「それがしだけが動いたわけではございませぬ」

「仁吉は会所の者、坂崎様は遊里の外のお方にございます。お勝さんと宇右衛門さんは、白鶴太夫の落籍が正式に決まる前に坂崎様に礼を言いたいのです。お受けなされ」

と四郎兵衛が勧めた。

「承知しました」

磐音は四郎兵衛に辞去の会釈をすると立ち上がった。

もはや侍姿に戻っていた。

脇差を腰帯に差し、包平《かねひら》を手に会所を出た。

仲之町の玉菊燈籠も今宵が最後だ。揚屋町の引手茶屋は仲之町待合ノ辻にある七軒茶屋ほどの格式はないにしても、吉原の遊里にある九十余軒の茶屋の中では大所《おおどころ》の茶屋だった。

「こちらに丁子屋のお勝どのが待っておられると聞いて参った。それがし、坂崎磐音と申す」

番頭に言いかけると、

「坂崎様、お聞きしております」

と早速二階座敷に案内された。

通りに面した座敷で、仲之町がちらりと見えた。

「しばらくお待ちくださいませ」

番頭が姿を消してしばらくすると、酒、お膳、煙草盆などが運ばれてきた。

「ごゆっくり」

磐音はお勝の来るのを待った。

色里吉原に流れる時がゆるゆると移ろっていく。

隣座敷に人の気配がした。

磬音は姿勢を正した。だが、仕切りの襖は開かれなかった。

「お勝どのにございますか」

しばしの沈黙の後、

「お懐かしゅうございます」

という声が襖を隔てて聞こえてきた。

「奈緒」

磬音は思わず襖ににじり寄ろうとした。

「そのままにお聞きくださりませ、磬音様」

「承知した」

「奈緒が豊後関前城下を出て以来、磬音様は陰から奈緒の身を案じてきてくださいました。どれほどか勇気付けられたことにございましょう。二年半前《ふたとせ》、奈緒が吉原に乗り込んだ折りも、磬音様は私の身を案じて密かに従ってくださいました。また、十八大通の金翠意休様が無体を仕掛けられた鐘ヶ淵の紅葉狩りでも、磬音様に助けられました」

「承知であったか」

「最初から分かっていたわけではございませぬ。困ったときに密かに動いてくれるお方があると莫《ばく》として思い至ったのは、長崎から小倉に売られていく道中でございました」

「長崎の望海楼の床《とこ》の間にそなたの白扇《はくせん》が飾られてあった。『鴛鴦《えんおう》や　過ぎ去りし日に　なに想ふ』という句がそなたの字で書かれてあった」

「ご覧になったのですね」

「あの白扇、今でもそれがしの手元にある」

「なんと」

「長門《ながと》の赤間関《あかまがせき》では、薄霧《うすぎり》太夫から今一本の扇子を頂戴した。『夏雲に　問うや男《おのこ》の　面影を』とあった」

襖の向こうで奈緒が息を呑む音がした。

「幼き頃、坂崎家の泉水のそばで鴛鴦の番《つがい》を見ながらなした約定は叶いませんでした」

「あの頃、そなたの兄の琴平も、姉の舞どのもおられた。無心に願えば望みは叶うと思うていた」

舞は夫の河出慎之輔の手に掛かって非業の最期を遂げ、その仕打ちに激怒した琴平が慎之輔を殺し、藩役人までを手にかけた。

錯乱した琴平を始末するために上意討ちの役を磐音が負わされた。幼馴染みの磐音は関前藩城下の辻で壮絶な死闘の末に琴平を斃《たお》した。

「すべては藩の腐敗を招いたご家老宍戸文六様の策謀に躍らされたことでありました。それが私どもの夢を潰してしまいました」

「兄の琴平を殺《あや》めたのはそれがしだ」

「申されますな。たれよりも苦しまれたのは磐音様にございます。奈緒が一番承知しております」

どこからともなく夜見世の始まりを知らせる清掻《すががき》が聞こえてきた。

磐音はこのまま語り合うていたい、顔が見たいという願望に逆らい、

「奈緒どの、もはや刻限にござる。お幸せにな」

奈緒の手が襖に掛かったのか、襖が揺れた。

「開けてはならぬ、奈緒どの。われら、関前を出たときから別々の道を歩む宿命《さだめ》にござった」

血を吐くような磐音の言葉に襖が激しく揺れて、奈緒の嗚咽《おえつ》が磐音の耳に伝わってきた。

磐音は包平を引き寄せ握り締めると、茶屋の階段を駆け下りた。

宵闇、吉原じゅうで白小袖の遊女が客を迎える大紋日が賑々《にぎにぎ》しく繰り広げられた。

この日、白無垢で最後の花魁道中をなした白鶴太夫の凜然とした高貴と美貌《びぼう》は、後々まで吉原の語り草になった。

だが、磐音は会所の座敷で待機したまま仲之町の賑わいに耳を塞いでいた。

四郎兵衛の予測があたり、お柊、上総屋徳蔵、野狐の彪次らは気配すら見せなかった。

引け四つの拍子木が鳴り響き、紋日の吉原も静かになった。

八つ半（午前三時）、丁子屋の潜り戸が開き、旅姿の男が出てきた。

白鶴太夫改め小林奈緒を落籍した紅花大尽前田屋内蔵助が、吉原を後にする姿だ。

内蔵助はあばたを隠すためか、手拭いで頬被《ほおかむ》りをして顔を隠し、その上に菅笠を被り、腰には道中の護身用に脇差が差し落とされていた。

しばらくして女が出てきた。

むろん吉原を出ることになった奈緒だ。長道中をするために菅笠を被り、足袋《たび》に草鞋《わらじ》をしっかりと履いて杖《つえ》を突いていた。

二人は人通りの絶えた仲之町から待合ノ辻に出た。大門は閉ざされていたが、会所の前では丁子屋の宇右衛門と四郎兵衛が待ち受け、

「花魁、もはやそなたの人別は吉原にはございませんよ」

と証文を差し出した。

「主様《あるじ》、お頭取様《かしら》、このご恩は決して忘れはいたしませぬ」

奈緒は頭を下げると受け取った。

「お幸せを祈っておりますよ、奈緒様」

「内蔵助様、お願い申します」

頭を下げた男と女の前で通用口が開かれ、喜びに身を震わせた体《てい》の二人が吉原を出た。

どこかで犬の遠吠えが聞こえた。

二人は感慨を嚙み締めるように一歩一歩しっかりと大地を踏み締めて五十間道を衣紋坂へと上がり、日本堤を三ノ輪の方角へと折れた。

三ノ輪の辻で奈緒の足が止まった。

辻の北側に浄閑寺《じようかんじ》の山門が見えた。

奈緒は山門に向かって両手を合わせ、長いこと頭を垂れていた。

浄閑寺は明暦《めいれき》三年（一六五七）、浅草田圃に新吉原が移ってきて以来、遊女ら二万五千人を葬ることになる投げ込み寺だ。吉原を出ることを夢見た果てに辿りついた遊女の終着の宿だった。

奈緒とて、浄閑寺に投げ込まれて遊女の生涯を終えぬとは言い切れなかった。だが、運良く抜け出ることができたのだ。

奈緒はようやく顔を上げた。

その手に内蔵助の手が差し出され、手と手が結ばれた。

一瞬、奈緒が驚いた様子を見せたが、内蔵助に手をとられるままに小塚原町へと入っていった。

もし上総屋徳蔵、お柊、野狐の彪次が二人を襲うとしたら、江戸との境、千住大橋だろう。それが次なる危険な場所であった。

小塚原回向院《えこういん》からきた小塚原縄手と日光道中がぶつかると、荒川から吹き寄せる風とともに靄《もや》が街道に漂ってきた。

長さ六十六間幅四間の橋に二人が差しかかった。対岸が千住掃部宿だ。

橋上に、川面から漂い上がった靄が這い流れていた。

〈奥州海道の咽喉《いんこう》なり。橋上の人馬は絡繹《らくえき》として間断なし〉

と『江戸名所図会』に描かれた橋だが、人影はなかった。

橋を渡れば江戸の外だ。

二人の旅人は手を結んだまま黙々と歩を進めた。

ほぼ橋を渡りきろうとしたとき、濃い靄が漂い流れてきて、二人の視界を閉ざした。

旅人の足が止まった。

風が吹き、靄が薄れたとき、行く手に三つの影が立ち塞がっていた。

「白鶴、待ってたぜ」

上総屋徳蔵が言った。そのかたわらからお柊が、

「おまえを出羽国なんぞへやらせないよ。おまえの身柄と雛菊を取り替えるんだからね」

と憎々しげな顔で言い放った。

野狐の彪次が無言のままに徳蔵とお柊の前に出た。

片手は懐に突っ込んだままの格好だ。

「前田屋のお大尽、悪いがおまえさんの運はここまでさ。おまえのあばた面を橋上に晒すことになろうじゃないか」

徳蔵が言い、彪次が痩身を半身にした。

前田屋内蔵助が奈緒を庇い、前に出た。

うーむ
彪次が訝しげに内蔵助を見た。

「おめえは……」

その声が終わらぬうちに内蔵助は脇差の鞘を払い、彪次は懐の匕首を抜くと腰撓めにして突っ込んでいった。

内蔵助もまた脇差を片手正眼に構えて迎え討った。

彪次は腰撓めから魳《かます》切っ先の匕首を突き上げ、内蔵助は脇差を横手に振るった。

一瞬の技が交錯し、伸び上がってくる魳切っ先よりも先に脇差一尺七寸三分が彪次の喉元を、
ぱあっ
と斬り裂いた。

血飛沫《ちしぶき》が飛んで、彪次の腰が、

がくん
と落ちた。

彪次は悲鳴を上げようとしたが、傷口から音が洩れるせいで言葉を発せなかった。よろよろと欄干によろめき寄り、上体を欄干の外へ投げ出すように崩れ込むや、体の均衡を失って流れへと姿を消した。

「おまえはだれだ！」

徳蔵が悲鳴をあげ、お柊とともに江戸の方角へと逃げ出した。だが、その行く手に、吉原会所の印半纏を着た面々が待ち受けていた。

血振りをした脇差を鞘に納めた内蔵助が、奈緒に手を差し出した。震える手が握られ、最後の橋を渡りきった。するとそこにもう一人の男が待ち受けていた。

旅姿であばたの素顔を常夜灯の灯りに晒した男は、紅花大尽前田屋内蔵助だった。

磐音と内蔵助は丁子屋で入れ替わり、内蔵助は舟で千住大橋の対岸へと先行してきていたのだ。

そのことを奈緒は知らされていなかった。

「おまえ様！」

と奈緒が言い、連れの男を見た。

その男が内蔵助に奈緒の手を渡して握らせると、

「道中、無事を祈っております」

と言った。

磐音と奈緒の短い道行が終わった。

「坂崎様、なにからなにまでお世話になりました」

内蔵助が頭を下げた。

「末永くお幸せにお暮らしくだされ」

磐音はそう言うと、
くるり
と踵《きびす》を返した。

その背に、

「磐音様、おこん様を大事にしてくださいませ！」

と奈緒の声が響いた。

磐音は足を止めた。だが、振り向かなかった。

しばしの沈黙の後、二つの足音が遠ざかっていった。それでも磐音は振り向かなかった。

（奈緒、幸せにな）

磐音はゆっくりと千住掃部宿を見渡した。

靄に包まれた宿の通りの向こうに、二つの影が重なり合うように没しようとしていた。

どこから飛んできたか、磐音の眼前で番《つがい》の秋螢が絡み合い、舞った。そして、北の方角へとゆっくり消えていった。

巻末付録

江戸よもやま話

絵師——擅画の才人

文春文庫・磐音編集班　編

「白鶴太夫がどなたと一緒になられてもよいのですね」——。浮世絵師北尾重政から投げかけられた問いに、磐音は白鶴太夫を最後まで守る決意を固めます。白鶴太夫の危機を磐音に伝えることで救ってきた重政。この御仁、気遣いのできる男前です。

ここで、ふとある疑問が浮かびます。歌麿《うたまろ》は美人画、写楽《しゃらく》といえば役者絵、北斎《ほくさい》は『富嶽三十六景』で、広重《ひろしげ》だったら〝江戸百〟こと『名所江戸百景』、では、重政は……浅学な編集子はまったく浮かびません。されど、マイナーな絵師と決め付けるのは早計かもしれません。実は、かの山東京伝《さんとうきょうでん》や滝沢馬琴《たきざわばきん》といった人気作家の短篇小説に数多くの挿絵を提供し、しかも京伝は重政の絵の弟子（北尾政演《まさのぶ》と名乗る）。さらに、当時の人は、重政を「錦絵の名手」「写実描写が神業！」と称賛し、没後に「業界が淋しくなった」（「浮世絵の風鄙《いや》しくなりたり」）と悼む。ひょっとしてスター浮世絵師？　今回は、北尾重政の魅力に迫ります。

百聞は一見にしかず。まずは彼の作品をご覧ください。図1は『美人戯猫図《びじんねことたわむれるず》』。タイトル通り、花魁と禿《かむろ》が猫と戯れております。もっとも、戯れるというほどふたりの表情が和やかには見えませんが、花魁の手元から猫に向かって伸びる一条の白い線――毛糸でしょうか、これにじゃれつく猫の愛くるしい表情がよく捉えられています。猫の首には赤い布が結ばれていて、ふたりの愛猫なのでしょう。カラーでお見せできないのが残念ですが、花魁の花柄をあしらった打掛《うちかけ》（裲襠とも）は黒で、禿の着物の紫色などとの配色が素晴らしい一枚です。

北尾重政は、元文四年（一七三九）、江戸小伝馬町《こでんまちょう》に生をうけました。幼名は太郎吉、長じて左助といいました。父は須原屋《すはらや》三郎兵衛《さぶろうべえ》で、小伝馬町で書林（当時の書店）を営んでいました。武家の紳士録である「武鑑」や江戸の切絵図などを扱う版元でもあり、重政は絵師や文筆家などが集う環境に育ちました。十代半ばに、草双紙という小説の挿絵が、どれもこれも稚拙な絵ばかりで、これなら自分でも描けると、見よう見真似で絵を描き出した、と自ら語っています。つまり、独学！　初期の作品こそ先達の模倣とされますが、特定の絵師に師事して絵を学ぶことなく、我流で腕を磨いていったのです。

図1 『美人戯猫図』（部分、楢崎宗重監修／山口桂三郎他『肉筆浮世絵 第五巻 清長 重政』より）。天明5年（1785）の作で、細密豪奢な衣裳文様が特徴的な、重政美人画のスタンダード

その心は、彼の落款《らっかん》「擅画《せんが》　北尾重政」に見て取れます。「擅画」とはすなわち「ほしいままに、思うがままに描く」。従来の手法に囚われない自由奔放さ、洒脱で自信家な重政の顔が見えてきませんか。

では、もう一枚ご覧に入れましょう。図2『蛍狩図《ほたるかりず》』は一転して、躍動感溢れる絵です。場所は川辺。ほのかな光を放ちながら蛍が飛び交っています。芸妓と思しきふたりの女性が、それをぼんやり眺めている……のではなく、扇を使って、もしくは素手で、蛍を掬い取ろうと飛び跳ねている。袂《たもと》が翻り、裾《すそ》は割れ、大胆にのぞく緋色の襦袢《じゅばん》がいと鮮やか。浮世絵に描かれる美人は「静」のイメージが強いですが、この絵のふたりは健康的で、若いエネルギーに満ちています。

肉筆画には、絵師の力量が現れる――。わずか二点ではありますが、重政が描く気品を感じていただけましたでしょうか。さらに、市中の最新の流行を取り入れる積極性も持ち合わせていました。たとえば、図1と2、いずれの女性の髪型も横に大きく張り出していると思いませんか。これは、安永四年（一七七五）頃から流行した「燈籠鬢《とうろうびん》」（鬢に鯨骨や細い針金を入れて燈籠のように横に大きく張り出させた髪型）なのだそうです。

ところで、ここまで「浮世絵」「錦絵」「肉筆画」と言葉を並べてきましたが、何が違うのでしょうか。何をいまさら……とお思いにならず、すこしお付き合いください。

浮世絵の「浮世」とは、「当世」「今」を意味し、その時代の人々にとって「今」を感

図2『蛍狩図』（部分、楢崎宗重監修／山口桂三郎他『肉筆浮世絵 第五巻 清長 重政』より）。奥の女性は空色、手前の女性は白地に水色の格子模様の着物で、涼しげな様子。身のこなしの軽やかさが一際目立つ

じる事柄をテーマとして描かれた絵画や版画のことを指しました。江戸や全国各地の名所、憧れの美人、話題の役者といった最先端の風俗が題材でした。

そのうち、絵師が直接紙に描いたものを「肉筆画」として区別します。注文制作による一点もので高価なものでした。庶民も楽しめるように、やがて大量に複製することで値段を下げた廉価版の木版画が登場します。浮世絵師は、版画のもととなる下絵（版下絵）を描くので、下絵師とも呼ばれました。清書された下絵でも、細かな髪の毛の一本一本などは描かれていません。細部を作り込むのは彫師の役割でした。初期の浮世絵版画は、墨一色で摺られたモノクロの「墨摺版画」か、墨摺版画の一点一点に、二、三色を筆で描き加える「筆彩版画」（鮮烈な赤色の「丹絵《たんえ》」、控えめな色合いの「紅絵《べにえ》」など）に限られました。

やがて、絵師の版下をもとにした墨版に、色版という版木を用意して重ね摺りすることで、多色摺りが可能となります。その工程で重要な発明が、すべての版木の同一箇所に付けられた印でした。「見当」と呼ばれるこの印によって、狙った場所に正確に色を加えることができるようになったのです（ちなみに、「見当はずれ」とは色ずれが起きてしまったという版画用語に由来するとの説も）。ときに明和二年（一七六五）。私たちにもお馴染みのカラフルな多色摺版画、「錦絵」の一大ブームが巻き起こったのでした。

この新たな潮流のなかで、我らが北尾重政は登場しますが、肉筆画の作品数は大変少

図3　『青楼美人合姿鏡』（勝川春章《かつかわしゅんしょう》と共作、国立国会図書館蔵）より、人形を持ち談笑する「松根屋」の遊女たち。耳たぶの下端が丸いのが重政美人の特徴

なく、冒頭でご紹介したものを含めてわずか十数点ほど。むしろ、絵本や黄表紙、艶本といった版本への挿絵にこそ、彼は本領を発揮します。

安永五年（一七七六）、重政が描いた初めての色摺絵本『青楼美人合《せいろうびじんあわせ》姿鏡《すがたかがみ》』（図3）は、浮世絵業界に大きな衝撃を与えます。吉原に実在する遊女をモデルに描いた作品集で、タイトルも内容も錦絵を牽引した鈴《すず》木《き》春信《はるのぶ》の『絵本青楼美人合』から着想を得たようです。

春信が描く女性は、みな十代の少女のような華奢で儚《はかな》い美人像だった（男性と女性の差もない）のに対して、重政は、ほどよい肉付きで、かといって妖艶すぎず、柔和で端正な美人

図４　『歴代武将通鑑』（古谷知新編『日本歴史図会』第３輯〈国民図書、1921年〉。国立国会図書館蔵）より、秀吉の朝鮮出兵で「猛虎をたひらぐ」加藤清正

を描きました。色気はない、垢抜けてもいない。そんな後世の批評も確かに頷けるものの、当時の人々に身近に感じられる女性の姿が人気を博し、のちの鳥居《とりい》清《きよ》長《なが》や喜《き》多《た》川《がわ》歌麿が描いた、私たちがよく知る美人画へとつながったのでした。

文政三年（一八二〇）に八十二歳で没するまで、挿絵を描いた黄表紙や絵本などは二百点以上。美人ばかりでなく、力強い筆線で迫力の武者を描いた『歴代武将通鑑』（図４）や、江戸市中の名所と風俗を紹介する『絵本吾妻花《あづまのはな》』などジャンルも様々です。一方で、これら版本は紙も摺りも粗悪で、お世辞にも綺麗な絵が掲載されるとはいえず、むしろ若手絵師の仕事といってよい。なぜ重政は、キャリアのほとんどを挿絵制作に捧げたのでしょうか。次々と作品を生み出せる版下絵制作に魅力を感じた？　書林という家業ゆえ本を愛し、文人的な嗜好を追求した？　諸説あれど、本人は語りません。ただただ

また、絵師にとって自己アピールとなる署名が、挿絵にほぼ見られません。ただただ「評判なんて関係ない。俺は絵が描きたいんだ！」――彼の絵からはそんな旺盛な創作意欲が感じられます。おこんへの付きまとい（？）も、そんな情熱ゆえだったのかもしれません。

浮世絵といえば錦絵を思い浮かべる現代の私たちにとって、北尾重政は忘れられた存在ですが、その圧倒的な作品の数々は「時代の寵児」であった絵師の姿を伝えています。

【参考文献】

楢崎宗重監修／山口桂三郎他『肉筆浮世絵 第五巻 清長 重政』（集英社、一九八三年）
内藤正人『江戸の人気浮世絵師』（幻冬舎新書、二〇一二年）
中野三敏・小林忠監修／林美一『江戸艶本集成 第四巻 北尾重政』（河出書房新社、二〇一三年）

文春文庫

螢《ほたる》火《び》ノ宿《しゆく》
居眠《いねむ》り磐音《いわね》（十六）決定版《けつていばん》

定価はカバーに表示してあります

2019年10月10日　第1刷

著　者　佐伯《さえき》泰英《やすひで》
発行者　花田朋子
発行所　株式会社　文藝春秋

東京都千代田区紀尾井町 3-23　〒102-8008
TEL　03・3265・1211㈹
文藝春秋ホームページ　http://www.bunshun.co.jp

落丁、乱丁本は、お手数ですが小社製作部宛お送り下さい。送料小社負担でお取替致します。

印刷製本・凸版印刷
Printed in Japan
ISBN978-4-16-791371-7